RAINBOW magic
レインボーマジック

カーニバルの妖精《フェアリー》
カイリー

デイジー・メドウズ 作
田内志文 訳

妖精《フェアリー》の魔法《まほう》で楽《たの》しいカーニバル。
魔法《まほう》の帽子《ぼうし》が魔法《まほう》の元《もと》さ。
わしの氷《こおり》の魔法《まほう》でめちゃくちゃにしてやろう。
魔法《まほう》の帽子《ぼうし》をとりあげてやる！

楽隊長《がくたいちょう》の帽子《ぼうし》とカーニバル・クラウン。
わしが街《まち》にいけばどちらも消《き》えてしまうのだ。
カーニバル・マスターの帽子《ぼうし》から手《て》をつけてやろう。
ゴブリンたちをつかわして、ぬすんでやるぞ。

Hoopla 輪《わ》なげ
Log Falls
ログ・フォール
メリーゴーランド
Carousel
Hook-a-Duck
アヒルつり
Ghost Train
ゴースト・トレイン
G
V
HOT FOOD
acups
Dodgems
電気《でんき》自動車《じどうしゃ》
SUNNYDAYS CARNIVAL
S C

Ferris Wheel
観覧車《かんらんしゃ》
ステージ
Stage
CANDYFLOSS
Rollercoaster this way
Sunnydays
GRAND
COLD DRINKS
ラブ・トンネル
Tunnel of Love
コーヒーカップ
Hall of Mirrors
鏡《かがみ》の部屋《へや》
かわいいドレスのテント
Fancy Dress Tent

Kylie

カーニバルの妖精《フェアリー》

カイリー

Jack Frost

ジャック・フロスト

氷《こおり》のお城《しろ》に住《す》んでいる妖精《フェアリー》。
みんなが楽《たの》しみにしているカーニバルを
めちゃくちゃにしてやろうとたくらんでいる!

Kirsty Rachel

レイチェルとカースティ

妖精《フェアリー》と友《とも》だちの、なかよしのふたり。
夏休《なつやす》みに毎年《まいとし》やってくる楽《たの》しいカーニバル。
でも、カーニバルを楽《たの》しくするための
魔法《まほう》の帽子《ぼうし》がぬすまれた!
最高《さいこう》のカーニバルにするために、
ふたりのぼうけんがはじまります!

Goblin

ゴブリン

みにくい顔《かお》と、
おれ曲《ま》がった鼻《はな》をしている、
ジャック・フロストの手下《てした》。

Band Leader

楽隊長《がくたいちょう》さん

楽《たの》しい音楽《おんがく》を演奏《えんそう》する楽団《がくだん》の
指揮《しき》をして、ダンサーたちといっしょに
パレードをもりあげる!

Carnival Master

カーニバル・マスターさん

マジカル・カーニバル「サニーデイズ」を
しきっている。カーニバル・マスターさんが
魔法《まほう》をかければ楽《たの》しいカーニバルがスタート!

Queen Titania

King Oberon

王様《おうさま》と女王様《じょおうさま》

フェアリーランドの王様《おうさま》と女王様《じょおうさま》。

Kirsty's dad and mum

カースティのパパとママ

ピエロの仮装《かそう》でカーニバルを楽《たの》しむふたり。

Vampire

吸血鬼《きゅうけつき》

ゴースト・トレインで
みんなをこわがらせる。

妖精みたいなマグナ・スンドストルムへ
ナリンダー・ダーミに感謝をこめて

RAINBOW MAGIC: KYLIE THE CARNIVAL FAIRY by Daisy Meadows

First published in Great Britain in 2006 by
Orchard Books, 338 Euston Road, London NW1 3BH

第《だい》1章《しょう》

カーニバル・ハットはおおさわぎ

1.

カーニバルがやってきた

「すっごいわ！」

レイチェル・ウォーカーが、大《だい》のなかよし、カースティ・テイトにさけびました。

「カーニバルなんて、わたしはじめて」

「サニーデイズはほんとに最高《さいこう》のカーニバルなんだから」

カースティが答《こた》えます。

「毎年夏休《まいとしなつやす》みの終《お》わりになるとウェザーベリーにやってくるのよ。レイチェルもいっしょにくることができて、ほんとにうれしいわ」

ふたりは、カースティのパパとママといっしょに、大勢《おおぜい》の人《ひと》たちとカーニバルの入《い》り口《ぐち》の外《そと》にならんでいます。カーニバルのはじまりをいまかいまかとまっている人《ひと》たちが、楽《たの》しそうにわいわいがやがやしています。

「ふたりとも、まずなににのろうか？」

カースティのパパがたずねました。

「どうしようかなあ」

カースティがゲートから中《なか》をのぞきながらいいました。

「だってたくさんあるんだもの！」

観覧車《かんらんしゃ》、電気自動車《でんきじどうしゃ》、コーヒーカップ、ほかにもまだまだあります。お菓子《かし》のお店《みせ》や、輪《わ》なげ、アヒルつりのお店《みせ》も見《み》えます。

「カースティ、見《み》て！」

レイチェルは、赤《あか》いコートと黒《くろ》いシルクハットを身《み》につけた男《おとこ》の人《ひと》が門《もん》のむこう側《がわ》にあらわれたのを見《み》て、カースティをつつきました。

「きっとあの人《ひと》がカーニバル・マスターさんよ」

カースティがいいました。

「いよいよはじまるわね！」

みんなが歓声《かんせい》をあげます。

「レディース・アンド・ジェントルマン」

カーニバル・マスターさんが大声《おおごえ》でいいました。

「世界一《せかいいち》のマジカル・カーニバル、サニーデイズへようこそ！」

ファンファーレがなりひびき、ゲートが開《ひら》きました。

「さあどうぞこちらへ！」

レイチェルとカースティはわくわくが止《と》まらないようすで、ほかの人《ひと》たちといっしょに中《なか》へ入《はい》っていきました。

「では、カーニバルの魔法《まほう》をかけましょう！」

カーニバル・マスターさんはそういうとシルクハットをぬいで、観覧車《かんらんしゃ》のほうにむけました。

すると、大《おお》きな観覧車《かんらんしゃ》が動《うご》きはじめました。

みんなが歓声《かんせい》をあげます。

次《つぎ》にカーニバル・マスターさんがコーヒーカップにシルクハットをむけると、コーヒーカップは明《あか》るい光《ひかり》をまきちらしながらくるくる回《まわ》りはじめました。

「魔法《まほう》みたい！」

アトラクションが動《うご》きだしたのを見《み》て、カースティのそばで女《おんな》の子《こ》が息《いき》をのみました。

レイチェルもカースティもほほえみます。

魔法《まほう》のことならなんでも知《し》っています。

ふたりは妖精《フェアリー》たちの友《とも》だちで、冷《つめ》たくいじわるなジャック・フロストがゴブリンの手下《てした》たちと事件《じけん》をおこすたびに、いっしょに解決《かいけつ》してきたのですから。

太鼓《たいこ》の音《おと》が、あたりに大《おお》きくひびきわたりました。

「パレードだわ！」

カースティがさけびました。

シンバルの音《おと》がして、すらりとした青《あお》い制服《せいふく》に身《み》をつつんだ男《おとこ》の人《ひと》が、楽隊《がくたい》をひきつれてこちらへやってきました。

楽隊長《がくたいちょう》さんは金《きん》のヒモ飾《かざ》りがついた青《あお》い帽子《ぼうし》をかぶり、虹色《にじいろ》のバトンをもっています。

みんなが拍手《はくしゅ》をすると、楽隊長《がくたいちょう》さんは帽子《ぼうし》をぬいで、くるくるとバトンを回《まわ》しました。

すぐに楽団《がくだん》が、楽《たの》しい音楽《おんがく》を演奏《えんそう》しはじめます。

「最高《さいこう》ね」

レイチェルは、進《すす》んでゆく楽団《がくだん》を見《み》つめながらいいました。

「ダンサーやアクロバットの人《ひと》たちもいるわ」

楽団《がくだん》の後《あと》からは青《あお》と金《きん》のドレスを着《き》たダンサーさんが、サテンのリボンをくるくるひらひらさせておどりながらついてきます。

アクロバットの人《ひと》たちは飛《と》びはねたりくるくる回《まわ》ったりしており、宙返《ちゅうがえ》りしながらクラッカーをみんなにわたしています。

カースティとレイチェルもひとつずつもらって、とてもうれしそうです。

「ジャグラーさんもいるわ！」

カースティがいいました。

ジャグラーさんは赤《あか》と白《しろ》のピエロ帽《ぼう》をかぶっており、色《いろ》とりどりのジャグリング・ボールをもっています。

「やっちゃった！」

ひとりのジャグラーさんが手《て》にもったボールたちを落《お》としてしまったのを見《み》て、レイチェルがため息《いき》をつきました。

「練習《れんしゅう》がたりないわね」

またほかのジャグラーさんがアクロバットの人《ひと》によろよろとぶつかったのを見《み》て、カースティは首《くび》をひねりました。

「なんだかみんなちっちゃいわね」

彼女《かのじょ》がいいます。

「まだ子《こ》どもなのかしら。だったらジャグリングが下手《へた》なのもわかるわ」

カースティはジャグラーさんたちの足《あし》もとを見《み》てみました。

どうもくつが、子《こ》ども用《よう》にしてはやたらに大《おお》きすぎるようです！

カースティは、前《まえ》を通《とお》ってゆくジャグラーさんたちを、もっとじっと見《み》てみました。

帽子《ぼうし》で顔《かお》がかくれてしまっていますが、長《なが》いみどり色《いろ》の鼻《はな》が見《み》えます。

「レイチェル！」

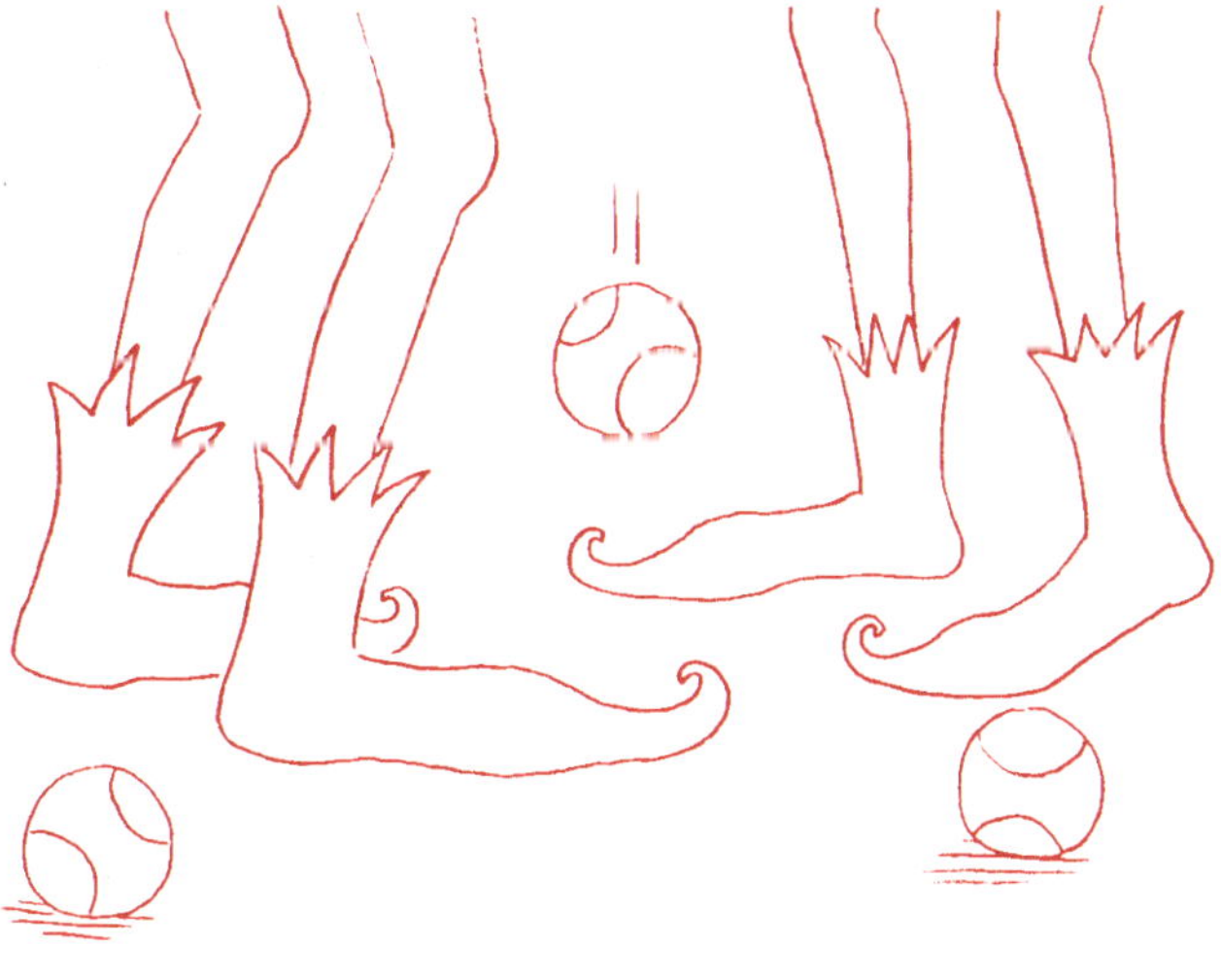

カースティは、胸《むね》をドキドキさせながらささやきました。

「あのジャグラーさんたち、子《こ》どもなんかじゃないわ。ゴブリンよ！」

2.

ゴブリンのいたずら

「やだわ！」

レイチェルは、カースティの言葉《ことば》に息《いき》をのみました。

「なんでジャック・フロストのゴブリンたちがここにいるの？」

カースティは、さっと数《かず》をかぞえながらいいました。

「レイチェル、八匹《はっぴき》もいるわ！」

「それに、ジャック・フロストはあいつらをもっと大《おお》きくしたみたい」

レイチェルがつけたします。

「わたしたちとあんまり背丈《せたけ》も変《か》わらないもの。だから人《ひと》ごみの中《なか》でもあんまり目《め》だたないんだわ」

「ぜったいに、なにかたくらんでいるはずよ！」

カースティが顔《かお》をしかめながらいいました。

「では、最高《さいこう》のマジカル・アトラクションをご紹介《しょうかい》しましょう」

カーニバル・マスターさんがいいました。

「ゴブリンたちを見《み》て！」

カースティがささやきます。

八匹《はっぴき》のゴブリンたちが、カーニバル・マスターさんめがけていっせいにかけだしました。いちばん大《おお》きなゴブリンがぱっと飛《と》びあがると、カーニバル・マスターさんの帽子《ぼうし》を頭《あたま》からたたき落《お》とします。

カーニバル・マスターさんはびっくりしてさけびましたが、みんなはそれもショーの一部《いちぶ》だと思《おも》ってわらっています。

べつのゴブリンが落《お》ちたシルクハットをひ

ろいあげると、みんなで人《ひと》ごみの中《なか》へ消《き》えてしまいました。

「なんでカーニバル・マスターさんの帽子《ぼうし》をねらったのかしら？」

カースティがいいました。

カーニバル・マスターさんはしどろもどろになりながら、スピーチを続《つづ》けようとしています。

「ええと、申《もう》しあげましたとおり」

彼《かれ》がつっかえながらいいます。

「このアトラクションはカーニバルの目玉《めだま》です！」

そういって、大《おお》きなみどりと金《きん》のシートを指《ゆび》さします。

どうやらなにかとても大《おお》きなものがかくしてあるようです。

竹馬《たけうま》をはいたピエロがふたり、シートのはじとはじをもって立《た》っています。

楽団《がくだん》がドラムロールをならすと、ピエロたちがさっとシートをとりはらいました。

中《なか》からでてきたのは、あざやかな色《いろ》にぬられたメリーゴーランド。

上品《じょうひん》な馬《うま》たちが脚《あし》を高《たか》くあげていますが、ほかのアトラクションとちがって回《まわ》りはじめません。

「メリーゴーランドもすぐに動《うご》きますからね」

カーニバル・マスターさんがあわてていいました。

「それまでのあいだ、ほかの楽《たの》しいのり物《もの》をお楽《たの》しみくださいね！」

ですが、カースティとレイチェルがあたりを見回《みまわ》してみると、観覧車《かんらんしゃ》はいまにも止《と》まりそうですし、コーヒーカップもどんどんゆっくりになってきています。

そのときカースティの目《め》のはしに、赤《あか》と白《しろ》のなにかがさっと見《み》えました。

またしてもゴブリンたちです。
今度《こんど》は、楽隊長《がくたいちょう》さんめがけて走《はし》ってい
きます。
「気《き》をつけて！」
カースティが楽隊長《がくたいちょう》さんにさけびまし
た。
ですが、楽隊《がくたい》の音《おと》が大《おお》きすぎて、声《こえ》が
とどきません。
またいちばん背《せ》の高《たか》いゴブリンが飛《と》び
あがると、楽隊長《がくたいちょう》さんの帽子《ぼうし》をたたき落《お》
としてしまいました。
ほかのゴブリンが地面《じめん》からそれをひろ

いあげると、みんなそろって走《はし》りさっていきます。

楽隊長《がくたいちょう》さんは、帽子《ぼうし》がなくなると、指揮《しき》もめちゃくちゃになってしまいました。

チューバもフルートもばらばらで、トランペットの人《ひと》たちはおかしなほうに歩《ある》きだし、太鼓《たいこ》の人《ひと》はばちを落《お》としてしまいました。

せっかくのすてきな音楽《おんがく》も、これではただうるさいばかりです。

「なんでゴブリンたちはカーニバルをめちゃくちゃにしてるんだろう?」

レイチェルが首《くび》をひねりました。

「わからないわ」

カースティがため息《いき》をつきます。

楽隊《がくたい》はもう演奏《えんそう》をやめていて、楽《がく》隊長《たいちょう》はぼんやりしています。

カーニバル・マスターさんが前《まえ》に飛《と》びだしました。

「いいですか、みなさん」

彼《かれ》がみんなにいいました。

「カーニバル最後《さいご》の日《ひ》には、みなさんすてきに仮装《かそう》をしてきてくださいよ。いちばんすてきだった子《こ》には、すばらしいカーニバル・クラウンをあげて、カーニバル・キングかカーニバル・クイーンになってもらいますよ!」

そのとき、レイチェルとカースティの耳《みみ》に、馬《うま》がパカパカと歩《ある》く音《おと》が聞《き》こえました。

みんながくるりとふりむくと、きらきら光《ひか》

るピンクのコスチュームを着《き》た女《おんな》の人《ひと》たちが、ポニーにまたがっているのが見《み》えました。

手《て》には青《あお》いベルベットのクッションをもっていて、その上《うえ》に宝石《ほうせき》や羽根飾《はねかざ》りのついたカーニバル・クラウンがのっています。

「さあ、それではサニーデイズ・カーニバルのはじまりはじまり！」

カーニバル・マスターさんが得意《とくい》そうに声《こえ》をはりあげました。

みんな歓声《かんせい》をあげながら、カーニバルの中《なか》へとちらばっていきます。

「ゴブリンたちがなにをたくらんでるのかたしかめなくっちゃ」

レイチェルが心配《しんぱい》そうにいいました。

カースティは、ぶるぶるふるえながらうなずきました。

「なんだか急《きゅう》にさむくなってきたみたいじゃない？」

彼女《かのじょ》が歯《は》をガチガチならしながらいいます。

レイチェルもうなずきながら、うでをさすっています。

「さっきまであんなにあたたかかったのに」

彼女《かのじょ》が顔《かお》をしかめました。

と、すぐそこにぶかぶかの黄色《きいろ》い衣装《いしょう》とくるくる巻《ま》き毛《げ》のみどりのカツラをつけたピエロが立《た》っているのにカースティが気《き》づきました。

カーニバル・クラウンをじっと見《み》つめています。

カースティがレイチェルをつつきました。

「見《み》て」

彼女《かのじょ》がささやきます。

「あのピエロ、見《み》おぼえない？」

レイチェルもピエロをじっと見《み》てみました。

ぱりぱりのつららがあごから下《さ》がっているのに気《き》づいて、彼女《かのじょ》がはっとしました。

「カースティ」

レイチェルが息《いき》をのみました。

「ジャック・フロストだわ！」

3.

カイリー登場《とうじょう》

カースティは、びくびくしながらジャック・フロストを見《み》つめました。

「ゴブリンくらいの大《おお》きさになるように、自分《じぶん》に魔法《まほう》をかけてるんだわ」

彼女《かのじょ》がレイチェルにささやきます。

と、ゴブリンたちがまたさっと姿《すがた》をあらわしました。

ジャグリングをするふりをしながら、すばやくカーニバル・クラウンをとりかこみます。

ジャック・フロストが魔法《まほう》で冷《つめ》たい風《かぜ》を呼《よ》びよせると、風《かぜ》はひらりと彼《かれ》を空中《くうちゅう》へとまいあげました。

カースティとレイチェルは、ジャック・フロストがカーニバル・クラウンめがけて飛《と》んでいるのに気《き》がつきました。

ほかのみんなはゴブリンのジャグラーたちに目《め》をうばわれています。

ジャック・フロストがクッションにのったカーニバル・クラウンをうばいとり飛《と》びさってゆくのを、ふたりはがっかりしながら見《み》つめていました。

ゴブリンたちはさっさとジャグリング用《よう》のボールをかきあつめると、その後《あと》をおいかけだしました。

レイチェルとカースティもおいかけようとしたのですが、ゴブリンたちの姿《すがた》はあっという間《ま》に見《み》えなくなってしまいました。

「クラウンが！」

ポニーにのっていた女《おんな》の人《ひと》がさけびました。

「なくなっちゃったわ」

「きっとクッションから落《お》ちちゃったんだわ」

ほかの女《おんな》の人《ひと》がそういうと、みんなでまわりを探《さが》しはじめます。

「ジャック・フロストは、カーニバル・マスターさんの帽子《ぼうし》と楽隊長《がくたいちょう》さんの帽子《ぼうし》、そしてカーニバル・クラウンを手《て》にいれたわけね！」

カースティが不安《ふあん》そうにいいました。

「いったいあいつら、なにをたくらんでるのかしら？」

「たしかめてみましょう」

レイチェルがいいました。

カースティは、お友《とも》だちと話《はな》しているパパとママのほうをむきました。

「ママ、レイチェルといっしょにほかのアトラクションを見《み》にいってもいい？」

ママがうなずきます。

「三十分後《さんじゅっぷんご》にゲートで会《あ》いましょう」

彼女《かのじょ》が答《こた》えます。

ふたりは急《いそ》いでゴブリンたちの後《あと》をおいました。

すると、レイチェルはなんだか指《ゆび》がくすぐったいようなきもちになりました。

見《み》てみると、まださっきのクラッカーをにぎりしめています。

そしてなんと、クラッカーがひとりでにぶるぶるふるえていたのです！

とつぜん、クラッカーはきらきらと光《ひかり》をまきちらしながら破裂《はれつ》しました。

紙《かみ》テープが飛《と》びだしたのを見《み》て、レイチェルは飛《と》びあがって、

「きゃあ！」

とひめいをあげてしまいました。

紙《かみ》テープの中《なか》から、ふたりにむけてにっこりほほえみながら妖精《フェアリー》が羽《は》ばたいています。

紙《かみ》テープが地面《じめん》に落《お》ちてしまうと、妖精《フェアリー》はカースティの肩《かた》へと飛《と》んできました。

ふわりとまいおりると、虹《にじ》の七《なな》色《いろ》のしまもようをしたスカートがひらひらとゆれました。

「こんにちは、ふたりとも!」

妖精《フェアリー》は目《め》にかかった茶色《ちゃいろ》い髪《かみ》の

毛《け》をはらいながらいいました。

「あたしはカーニバルの妖精《フェアリー》、カイリーよ！」

「こんにちは」

カースティがびっくりしながらいいました。

「カーニバルの妖精《フェアリー》として、このサニーデイズ・カーニバルを大成功《だいせいこう》させるのもあたしの役目《やくめ》なんだ」

カイリーがいいました。

「でも、ジャック・フロストがめちゃくちゃにしてやろうってたくらんでるのよ」

「どうして？」

カースティがたずねました。

「だって、氷《こおり》のお城《しろ》ですっかりたいくつしちゃったのよ」

カイリーがため息《いき》をつきました。

「だから、みんなの楽《たの》しみを台《だい》なしにしてやろうってわけ」

「じゃあ帽子《ぼうし》はなんで？」

レイチェルがたずねました。

カイリーがふたりにウインクしてみせました。

「あの帽子《ぼうし》は、魔法《まほう》の帽子《ぼうし》なのよ！」

彼女《かのじょ》がわらいます。

「カーニバル・マスターさんの帽子《ぼうし》は、どのアトラクションもちゃんと動《うご》かしてくれるの」

「だからメリーゴーランドが動《うご》かなかったわけね」

カーステイがため息《いき》をつきました。

カイリーがうなずきます。

「楽隊長《がくたいちょう》さんの帽子《ぼうし》は、カーニバルの音楽《おんがく》をかんぺきにしてくれるの」

彼女《かのじょ》が続《つづ》けます。

「だから、すっかり楽隊《がくたい》の音楽《おんがく》がめちゃくちゃになっちゃったの。そしてカーニバル・クラウンは、サニーデイズ・カーニバルが無事《ぶじ》に終《お》わって、次《つぎ》の街《まち》にいけるようにしてくれるのよ」

「ていうことは、あの帽子《ぼうし》たちをとりかえさないとカーニバルがめちゃくちゃになっちゃうってことじゃない！」

レイチェルがさけびました。

「そんなことはさせないわよ」

カースティがいいました。

「ふたりとも、てつだってくれるわよね」

カイリーが楽《たの》しそうにいいました。

「で、ジャック・フロストとゴブリンたちはどこにいったの？」

「あっちのほうよ」

レイチェルがいいました。

そちらを見《み》ると、赤《あか》と白《しろ》のものがぱっと見《み》えました。

「ゴブリンがいたわ」

彼女《かのじょ》はドキドキしながらいうと、レイチェルとカイリーに指《ゆび》さしてみせました。

「カーニバル・マスターさんの帽子《ぼうし》をもってる！」

4.

ゴブリンをおいかけろ

Ghost Train
BROKEN
- Please
Come Back
Later

「おいかけて！」

カイリーは、レイチェルのポケットの中《なか》にすべりこみながらさけびました。

ふたりはゴブリンめがけてかけだしましたが、おいつく前《まえ》に見《み》つかってしまいました。

「あのムカつく女《おんな》の子《こ》たちだ！」

ゴブリンは、二匹《にひき》の仲間《なかま》にさけびました。

「急《いそ》いでかくれろ！」

三匹《さんびき》のゴブリンたちはぴったり後《あと》をおいかけられながら、さっと走《はし》りだしました。

ゴースト・トレインのそばを通《とお》りかかったとき、一匹《いっぴき》のゴブリンが急《きゅう》ブレーキで止《と》まりました。

「この中《なか》だ！」

彼《かれ》がさけびます。

「故障中《こしょうちゅう》。またおこしください」の看板《かんばん》を無視《むし》して、三匹《さんびき》が中《なか》へとかけこんでいきます。

いきなり魔法《まほう》の光《ひかり》がまいちるとゴースト・トレインの建物《たてもの》にあかりがついたので、カースティもレイチェルも目《め》をぱちくりさせてしまいました。

「カーニバル・マスターさんの帽子《ぼうし》の魔法《まほう》で動《うご》きだしたんだわ」

カイリーが説明《せつめい》しました。

ゴブリンたちはくっくっとわらいながらいちばん前《まえ》に腰《こし》かけました。

そのまま発車《はっしゃ》しかけるのを見《み》て、レイチェルとカースティも、二番目《にばんめ》の車《しゃ》両《りょう》に飛《と》びこみました。

列車《れっしゃ》が曲《ま》がってゆくと、暗《くら》い木《き》からくもの巣《す》やコウモリがつるされているのが見《み》えました。

まわりでは冷《つめ》たい風《かぜ》がびゅうびゅううなっています。

レイチェルとカースティはそれがただのしかけなのを知《し》っていますが、ゴブリンたちはすっかりわらうのをやめて、こわがりながらなにかいいあって

います。

「うおおおおおおおおおおお！」

木《き》の裏《うら》から幽霊《ゆうれい》が、大《おお》きな声《こえ》をだしながら飛《と》びだしてきました。

ゴブリンは、びっくりしてひめいをあげています。

「どうやら、あんまり楽《たの》しくなさそうね！」

カースティがわらいました。

また曲《ま》がり角《かど》にさしかかると、今《こん》度《ど》はなにかがきしむような音《おと》が聞《き》こえました。

「今度《こんど》はなんだ？」

ゴブリンたちが泣《な》きだしそうな声《こえ》でいいました。

すると、いきなり棺桶《かんおけ》があいて、長《なが》いキバをもった吸血鬼《きゅうけつき》がおそいかかってきたので、ゴブリンたちはさけび声《ごえ》をあげてしまいました。

いくつもドアをくぐりぬけて、ようやく列車《れっしゃ》が止《と》まりました。

まだこわそうにうめきながら、ゴブリンたちは列車《れっしゃ》を飛《と》びだしてかけだしました。

「今度《こんど》はログ・フォールにむかってるわ」

カースティがいいました。

「はやく！」

ログ・フォールは動《うご》いていませんでした。

外《そと》には「立《た》ち入《い》り禁止《きんし》」と看板《かんばん》がたっています。

ですが、またしてもゴブリンはそれを無視《むし》すると、丸太《まるた》の形《かたち》をしたボートに飛《と》びのりました。

さっと魔法《まほう》の光《ひかり》がまきおこります。

「またカーニバル・マスターさんの帽子《ぼうし》の魔法《まほう》がはたらいたんだ」

レイチェルがいいました。

コースには音《おと》をたてて水《みず》が流《なが》れだして、ゴブリンたちの小《ちい》さなボートをおしながしはじめました。

カースティは、レイチェルとカイリーのほうをむきました。

「いったいどうしようっていうのかしら？」

彼女《かのじょ》がたずねます。

レイチェルはコースをじっと見《み》つめています。

「いい考《かんが》えがあるわ！」

彼女《かのじょ》がいいました。

5.

ゴブリンをだませ!

「考《かんが》えって？」

カースティが身《み》をのりだしました。

「見《み》て！」

レイチェルがロック・フォールを指《ゆび》さします。

コースのいちばん下《した》が長《なが》い下《くだ》り坂《ざか》になっています。

「ゴブリンたちは、もうすぐあそこをおりてくるはずよ」

レイチェルがいいました。

「いちばん下《した》に立《た》ってたら、通《とお》りすぎてくときに帽子《ぼうし》をとりもどせるかもしれないわ」

「それよ！」

カイリーがさけ

びました。

ゴブリンたちはコースのむこうに姿《すがた》を消《け》してしまっていますが、楽《たの》しそうなさけび声《ごえ》は聞《き》こえてきています。

三人《さんにん》は急《いそ》いで下《くだ》り坂《ざか》のいちばん下《した》までいくと、そこで待《ま》ちかまえました。

「てっぺんまできたわ」

ゴブリンたちのボートが見《み》えると、レイチェルがささやきました。

「じゅんびはいい？」

ログ・ボートがてっぺんから三人《さんにん》のいるほうへとむけて、一気《いっき》にすべりおりはじめました。

「イーハー！」

ゴブリンたちは両手《りょうて》を空中《くうちゅう》にふりあげてさけんでいます。

ボートの中《なか》で三匹《さんびき》は、一列《いちれつ》になってすわっています。

レイチェル、カーステイ、カイリーは、カーニバル・マスターさんの帽子《ぼうし》をもったゴブリンがいちばん後《うし》ろにすわっているのをたしかめました。

ボートは坂《さか》のいちばん下《した》めがけておりてきます。

いちばんコースの近《ちか》くにいたカース

ティは、水《みず》しぶきをたてながら走《はし》ってゆくボートに手《て》をのばすと、びっくりしているゴブリンから帽子《ぼうし》をつかみとりました！

「そいつをかえせってば！」

ゴブリンがボートの中《なか》からどなります。

「ボートを止《と》めろ！」

ですが、ゴブリンたちにはどうすることもできません。

ボートはおこったゴブリンたちをのせたまま、コースをどんどん進《すす》んでいきます。

カースティが帽子《ぼうし》から水《みず》をはらっていると、

「やったわ！」

カイリーがわらいました。

「じゃあ、帽子《ぼうし》を元《もと》にもどしましょう」

カイリーがまたレイチェルのポケットにもどると、三人《さんにん》はカーニバルのまん中《なか》にたっている白《しろ》い大《おお》テントへと急《いそ》いでもどっていきました。

カーニバル・マスターさんは楽隊長《がくたいちょう》さんといっしょに、落《お》ちこんだ顔《かお》をして入《い》り口《ぐち》のところに立《た》っていました。

「カーニバルは閉《と》じてしまったほうがいいのかな」

カーニバル・マスターさんがいっています。

「こんなにアトラクションが動《うご》かないんじゃあ！」

「間《ま》にあったわ」

カースティがささやきました。

「でも、どうやって帽子《ぼうし》をかえしたらいいの？」

レイチェルがたずねます。

「きっとどこにあったのか聞《き》かれるわよ！」

「カイリー、わたしたちを妖精《フェアリー》の大《おお》きさにしてくれない？」

カーステイが小声《こごえ》でいいました。

「あと帽子《ぼうし》も。そうすれば、見《み》つからないようにかえすことができるはずよ」

カイリーがうなずきました。

三人《さんにん》がテントのかげにかくれると、カイリーはふたりの上《うえ》で杖《つえ》をふり回《まわ》しました。レイチェル、カーステイ、そして帽子《ぼうし》は、あっという間《ま》に妖精《フェアリー》の大《おお》きさになりました。

小《ちい》さな帽子《ぼうし》をもって、ふたりとカイ

リーはテントの入り口《いぐち》へと飛《と》んでいきました。

三人《さんにん》はカーニバル・マスターさんがアトラクションを見《み》にでかけるのをまってから中《なか》に入《はい》ると、帽子《ぼうし》を机《つくえ》の上《うえ》におきました。

すぐにカイリーがまた杖《つえ》をふると、帽子《ぼうし》がぱっと元《もと》の大《おお》きさにもどりました。

ぱたぱた飛《と》びながら外《そと》にでて、またカイリーがレイチェルとカースティを魔法《まほう》で元《もと》の大《おお》きさにもどします。

しばらくして、カーニバル・マスターさんがテントのほうにもどってきました。

「閉《し》めなくちゃいけないねえ」

彼《かれ》が楽隊長《がくたいちょう》さんにいっています。

「ぼくからお客《きゃく》さんにいうとしよう」

カースティ、レイチェル、カイリーはテントのかげから、中《なか》に入《はい》っていくカーニバル・マスターさんを見《み》つめました。

「ぼくの帽子《ぼうし》だ！」

彼《かれ》がびっくりしてさけびました。

「いったいなんで、ここにあるんだ？」

そして帽子《ぼうし》を手《て》にとると、頭《あたま》にかぶりました。

すぐにアトラクションがまた動《うご》きはじめる音《おと》が聞《き》こえて、レイチェルとカースティは笑《え》顔《がお》で見《み》つめあいました。

観覧車《かんらんしゃ》は動《うご》いていますし、コーヒーカップ

もくるくる回《まわ》っています。

電気《でんき》自《じ》動車《どうしゃ》がぶつかりあう音《おと》が聞《き》こえだしました。

「見《み》て、メリーゴーランドも動《うご》いてるわ！」

レイチェルがいいました。

「またぜんぶ動《うご》きだしたぞ」

びっくりした顔《かお》で、楽隊《がくたい》長《ちょう》さんがさけびました。

「すごいな！」

カーニバル・マスターさんもさけぶと、見《み》ようと思《おも》っ

てテントからかけだしてきました。

「まるで魔法《まほう》みたいだ！」

カイリーはわらいながら、レイチェルとカースティのほうをむきました。

「だって魔法《まほう》だもんね！」

彼女《かのじょ》がいいます。

「ふたりがいなかったら魔法《まほう》の帽子《ぼうし》はとりもどせなかったわ」

彼女《かのじょ》がふたりにほほえみました。

「あたし、フェアリーランドにもどってこの知《し》らせをとどけなくっちゃ」

「わたしたちも、ママとパパのとこにもどらないと」

カースティがいいました。

レイチェルはうなずくと、

「明日《あした》になったら、またほかの帽子《ぼうし》を探《さが》すのてつだいにくるわね」

と、カイリーに約束《やくそく》します。

「ありがとう、ふたりとも」

カイリーはそうさけぶと手《て》をふりながら、きらめく光《ひかり》のシャワーの中《なか》に姿《すがた》を消《け》していきました。

「ジャック・フロストってば、ほんとにひどいやつ」

カースティは、レイチェルといっしょにゲートにむかいながらいいました。

「みんなが楽《たの》しそうにしてるのが気《き》にいらないのね」

「カーニバルをめちゃくちゃになんてさせないわよ！」

レイチェルは、力強《ちからづよ》くいいました。

「明日《あした》、またほかの帽子《ぼうし》が見《み》つかるかな？」

第《だい》2章《しょう》

魔法《まほう》でおおさわぎ

1.

鏡《かがみ》の部屋《へや》

「今日《きょう》は、はやめにサニーデイズ・カーニバルにつれてきてもらえてよかったわ」

カースティは、レイチェルといっしょにカーニバルを見《み》て回《まわ》りながらいいました。

今日《きょう》はカーニバル二日目《ふつかめ》、空《そら》はよく晴《は》れていて、とてもいい天気《てんき》です。

「これなら、魔法《まほう》の帽子探《ぼうしさが》しにたっぷり時間《じかん》がかけられるわ」

「カースティったら、ママとパパにはぜんぶのり物《もの》にのってくるっていってたものね！」

レイチェルはにやにやわらいました。

「うん。でもパパったら、後《あと》でいっしょになって、みんなでジェットコースターにいこうだって」

カースティがわらいました。

「パパ、ジェットコースターが大好《だいす》きなの」

そのときものすごい音《おと》がしたので、レイチェルは思《おも》わず耳《みみ》をふさいでしまいました。

「この音《おと》なに？」

彼女《かのじょ》がいいます。

「すごい音《おと》だわ！」

「楽隊《がくたい》よ」

カースティがかなしそうにいいました。

「ほんとにひどい演奏《えんそう》だけど、しょうがないわ。きれいな音楽《おんがく》にしてくれる、楽隊長《がくたいちょう》さんの帽子《ぼうし》がないんだもの！」

「見《み》て！」

レイチェルがステージを指《ゆび》さしました。

「ダンサーさんたちがショーをやってるわ。だから楽隊《がくたい》が演奏《えんそう》してるのね」

ふたりはステージのほうに歩《ある》いていきましたが、近《ちか》づいてみると、なんだかおかしなことになっているのがわかりました。

音程《おんてい》がバラバラなだけではなく、テンポまでもがめちゃくちゃなのです。

ダンサーさんたちはうまくリズムにのることができず、お互《たが》いにぶつかりあったりしています。

「楽隊長《がくたいちょう》さん、すっかりしどろもどろだわ」

カースティがささやきました。

レイチェルが見《み》てみると、楽隊長《がくたいちょう》さんは指揮《しき》をしながら、めちゃくちゃな

音《おと》がでるたびに首《くび》をひねっています。

ショーを見《み》ている人《ひと》も少《すこ》しだけいましたが、何人《なんにん》かは指《ゆび》で耳《みみ》をふさいでいます。

そのとき、カーニバル・マスターさんが、がまんしきれないような顔《かお》をしてステージの上《うえ》にあらわれました。

「ありがとう、ダンサーのみなさん」

彼《かれ》が大声《おおごえ》でいいます。

「レディース・アンド・ジェントルマン、ショーはこれにておしまいです！」

そういうと、拍手《はくしゅ》をしはじめました。

観客《かんきゃく》の何人《なんにん》かが、めんどくさそうに拍手《はくしゅ》をして、たちさっていきました。

カーニバル・マスターさんは、がっかりしたような顔《かお》で首《くび》をよこにふりました。

「いったいどうしちゃったんだい」

彼《かれ》はダンサーさんたちを見《み》つめながらいいました。

「いつもはすばらしいじゃないか！」

彼《かれ》がため息《いき》をつきます。

「さあさあ、休憩《きゅうけい》しなくちゃいけないんだ。休憩用《きゅうけいよう》のテントにお茶《ちゃ》とビスケットを用意《ようい》しておいたからね」

ダンサーさんたちは暗《くら》い顔《かお》でステージをおりていきました。

「さあ、きみたちもだよ」

楽隊長《がくたいちょう》さんは楽隊《がくたい》の人《ひと》たちに、かなしそうな顔《かお》でいいました。

「後《あと》でまたやってみよう」

「楽隊長《がくたいちょう》さんの帽子《ぼうし》をとりもどすまでは、音楽《おんがく》も元《もと》にはもどらないわね」

カースティはレイチェルといっしょに、楽《がっ》器《き》をおいてステージをでてゆく楽隊《がくたい》の人《ひと》たちを見《み》ながらいいました。

「すぐにでも探《さが》しはじめなくっちゃ」

レイチェルがいいました。

「ゴブリンたちはきっとまだどこかで、カーニバルを楽《たの》しんでるはずよ」

「うん、でもカイリーがいってたことを思《おも》い

だして」

カースティが彼女《かのじょ》にほほえみました。

「魔法《まほう》がやってくるのをまたなくっちゃ！」

レイチェルがわらいました。

「だったら、わたしたちもカーニバルを楽《たの》しんじゃおうよ」

彼女《かのじょ》がいいました。

「賛成《さんせい》」

カースティがいいました。

ふたりはお日《ひ》さまの光《ひかり》を楽《たの》しみながら、カーニバルを歩《ある》き回《まわ》りました。仮装《かそう》とフェイス・ペインティングのテントや、わたあめ売《う》りのおじさんの前《まえ》を通《とお》りすぎます。

となりには、鏡《かがみ》の部屋《へや》がたっています。

「わあ、これ大好《だいす》きなの！」

レイチェルがうきうきしながらいいました。

「入《はい》ってみよう」

カースティがドアを開《ひら》き、ふたりいっしょに中《なか》に入《はい》っていきました。

最初《さいしょ》は暗《くら》かったのですが、すぐに光《ひかり》がつきました。

まわりをとりかこんでいる大《おお》きな鏡《かがみ》に、かぞえきれないほどのカースティと

レイチェルがうつります！

「なんだか不思議《ふしぎ》」

レイチェルがきょろきょろしながらわらいました。鏡《かがみ》の中《なか》のレイチェルもくるくるふりむいています。

「カースティ、見《み》て」

彼女《かのじょ》が手《て》をあげると、たくさんのレイチェルたちも手《て》をあげます。

カースティがなにかいいかけたそのとき、ポンと音《おと》がすると色《いろ》とりどりの光《ひかり》がまいちってふたりをつつみこみながらゆかへと落《お》ちていきました。

「いったいどうしちゃったの？」

カースティはびっくりして、顔《かお》をかがやかせました。

光《ひかり》が鏡《かがみ》という鏡《かがみ》にはねかえって、まるで花火《はなび》の中《なか》に立《た》っているような気分《きぶん》です。

「見《み》て」

レイチェルがさけびました。

「妖精《フェアリー》がいっぱい！」

鏡《かがみ》の中《なか》でかぞえきれないほどの小《ちい》さな妖精《フェアリー》たちが、光《ひかり》にきらめく羽《はね》をぱたぱたと動《うご》かしています。

カースティとレイチェルは、まるで魔法《まほう》のようなこの光景《こうけい》に、思《おも》わず目《め》をうたがってしまいました！

すると、レイチェルがわらいだしました。

「ねえ見《み》て、たくさん妖精《フェアリー》がいるわけじゃないのよ」

彼女《かのじょ》がカースティにいいます。

「これ、カイリーだわ！」

2.

おかしなボーイスカウト

「こんにちは、ふたりとも！」

キラキラした声《こえ》にふりかえると、カイリーがうれしそうにわらっていました。

「会《あ》えてほんとによかったわ」

彼女《かのじょ》が続《つづ》けます。

「楽隊長《がくたいちょう》さんの帽子《ぼうし》がこの近《ちか》くにあるはずだって感《かん》じるの！」

「やったわ！」

カースティがわくわくしながらいいました。

「よく目《め》を光《ひか》らせておかなくっちゃ」

「まずは、出口《でぐち》を探《さが》さないとね」

レイチェルが首《くび》をひねりながらまわりの鏡《かがみ》を見《み》わたしました。

「かくすために、出口《でぐち》のドアにも鏡《かがみ》がはってあるはず」

カースティが眉《まゆ》にしわをよせました。

「てつだうわ」

カイリーはそういうと、ほほえみながら杖《つえ》をふりました。杖《つえ》からピンクの魔法《まほう》のキラキラがふきだして、一枚《いちまい》の鏡《かがみ》のまわりをかこみました。

レイチェルはかけよると、鏡《かがみ》をおしてみました。開《ひら》いたドアから外《そと》にでると、カイリーはカースティの肩《かた》に飛《と》んできて髪《かみ》の毛《け》の

かげにかくれました。

カースティとレイチェルは、鏡《かがみ》の部屋《へや》の外《そと》に立《た》ってあたりを見回《みまわ》してみました。

レイチェルの目《め》に、仮装《かそう》のテントがうつります。

深《ふか》みどり色《いろ》の制服《せいふく》を着《き》たボーイスカウトの子《こ》どもたちが中《なか》に集《あつ》まっていて、いろんな服《ふく》を着《き》たり、フェイス・ペインティングをしたりしながらきゃあきゃあはしゃいでいます。

レイチェルはほかのところを調《しら》べようとしたのですが、ふと、なにかがおかしいことに気《き》がつきました。

まず、テントにはカーニバルの人《ひと》がだれもいなくて、子《こ》どもたちはおたがいの顔《かお》をぬっているのです！

レイチェルは、もっとよく目《め》をこらしてみました。

「あのボーイスカウトたちを見《み》て」

彼女《かのじょ》はカースティとカイリーにいいました。

ふたりがくるりとテントのほうをむきます。

魔女《まじょ》のかっこうをした子《こ》どもがぱっと飛《と》びだしてくると、制服姿《せいふくすがた》のままで

オレンジと黒《くろ》のトラみたいなしましまもように顔《かお》をペイントした子《こ》どもをおしのけて、フェイスペインティングのいすをよこどりしました。

「おれの番《ばん》だ！」

魔女《まじょ》のかっこうをした子《こ》どもがいすにす

わり、魔女《まじょ》の帽子《ぼうし》をとりました。

その顔《かお》は、みどり色《いろ》をしています！

「ゴブリンだわ！」

レイチェルがはっとしていいます。

「あれ、ぜんぶゴブリンよ！」

カースティもいいました。

三人《さんにん》はそっとテントに近《ちか》づいてみました。

どうやらゴブリンたちはとてもいそがしいようです。

一匹《いっぴき》はサルのお面《めん》をつけて、サルのかっこうをしています。

またほかの一匹《いっぴき》はホネホネもようの黒《くろ》い服《ふく》を

着《き》ていて、まるでガイコツみたいに見《み》えます！

レイチェルが見《み》てみると、その顔《かお》にも白《しろ》いガイコツがかかれているのが見《み》えました。

「ねえ、ペインティングをしている人《ひと》を見《み》て！」

カースティがレイチェルとカイリーにささやきました。

そこにいたのは、ジャック・フロストそっくりのゴブリンだったので、三人《さんにん》は思《おも》わずわらいだして

しまいました！

肩《かた》にマントをまきつけ、ジャック・フロストの氷《こおり》の髪《かみ》の毛《け》に見《み》えるようにまっ白《しろ》くぬったツンツンしたカツラとヒゲをくっつけています。

彼《かれ》が、顔《かお》をぬってもらおうとすわっているゴブリンを見《み》つめます。

「お前《まえ》、ペイントする必要《ひつよう》ないじゃん！」

彼《かれ》がぴしゃっといいました。

「魔女《まじょ》って、だれでも知《し》ってるけどみどり色《いろ》じゃんよ」

すると、あけっぱなしになっている入《い》り口《ぐち》のむこうに、青《あお》と金《きん》の楽隊長《がくたいちょう》さんの帽子《ぼうし》がおいてあるのにレイチェルが気《き》がつきました。

「帽子《ぼうし》があるわ！」

彼女《かのじょ》がこうふんしたようにささやきます。

「ねえ、もしあたしがふたりを妖精《フェアリー》の大《おお》きさにしたら、気《き》づかれないように

入《はい》っていって帽子《ぼうし》をとりかえせるんじゃないかしら」

カイリーがささやきました。

レイチェルとカースティがうなずくとカイリーはさっと杖《つえ》をふり、ふたりを背中《せなか》にきらめく羽《はね》をつけた小《ちい》さな妖精《フェアリー》に変《か》えてくれました。

三人《さんにん》は注意深《ちゅういぶか》く、仮装《かそう》のテントめがけて飛《と》んでいきました。

3.

フェイスペイントでびっくり

三人《さんにん》が到着《とうちゃく》する前《まえ》に、トラの顔《かお》をしたゴブリンがテーブルのところへぱっと飛《と》びだしてきました。

がっかりしている三人《さんにん》の目《め》の前《まえ》で、ゴブリンは楽隊長《がくたいちょう》さんの帽子《ぼうし》を手《て》にとると、しっかりとかぶってしまいました。

そして、テントからでていってしまったのです。

「おいかけるわよ！」

カースティがささやきました。

トラの顔《かお》のゴブリンは、カーニバルの中《なか》を走《はし》っていきます。

「どこにいくんだよ！」

ガイコツのゴブリンが背中《せなか》からさけびます。

ゴブリンは、舌《した》をつきだしました。

「俺《おれ》はなんかのり物《もの》にのるんだもんね！」

彼《かれ》がさけびます。

ボーイスカウトの制服《せいふく》とトラの顔《かお》、そして楽隊長《がくたいちょう》さんの帽子《ぼうし》をかぶって舌《した》をだしていると、なんだかとてもおかしな姿《すがた》です！

レイチェル、カイリー、カースティは、わらいをこらえられません。

「俺《おれ》だってのりたいぞ！」

ガイコツのゴブリンが、手《て》にもっていた海賊《かいぞく》の衣装《いしょう》をなげだすとさけびました。

「俺《おれ》たちだって」

ほかのゴブリンたちも、絵《え》の具《ぐ》のチューブや衣装《いしょう》をほうりだしながらさけびます。

「いきましょう！」

レイチェルがささやきました。

三人《さんにん》はどれにのろうかまよっているゴブリンをおいかけて飛《と》んでいきました。

と、トラの顔《かお》のゴブリンが「鏡《かがみ》の部屋《へや》」の看板《かんばん》を見《み》て立《た》ち止《ど》まりました。

「鏡《かがみ》の部屋《へや》ってなんだ？」

ゴブリンがいいます。

「知《し》らないのかよ！」

サルのかっこうのゴブリンが、バカにしたようにいいました。

「鏡《かがみ》の部屋《へや》なんか、だれだって知《し》ってるぜ！」

「へえ、じゃあなんなんだ？」

最初《さいしょ》のゴブリンがたずねます。

「それはな……ええと……」

サルのゴブリンの声《こえ》がだんだん小《ちい》さくなり、なんだかなやんだような顔《かお》をしています。

「こいつ知《し》らねえぞ！」

いじわるそうな魔女《まじょ》のゴブリンがわらいました。

「中《なか》に入《はい》って見《み》てみりゃいいんだ！」

そういってドアをおしあけると、ゴブリンたちはだれが最初《さいしょ》に入《はい》るかでけんかをはじめました。

「あいつらがドアを閉《し》める前《まえ》に中《なか》に入《はい》らなくっちゃ」

カイリーがふたりにささやきます。

「いち、に、さん、いまよ！」

ドアが閉《し》まるすんぜんに、カイリー、レイチェル、カースティはなんとか中《なか》に飛《と》びこむことができました。

さっきと同《おな》じように、ドアが閉《し》まるとすぐに電気《でんき》がつきます。高《たか》いところを飛《と》びながら、三人《さんにん》は、ゴブリンたちのペイントされた顔《かお》がかぞえきれないほどの鏡《かがみ》にうつっているのをながめました。

ゴブリンたちは、おどおどした顔《かお》でそれを見《み》つめています。

「たすけてぇ！」

トラの顔《かお》のゴブリンがひめいをあげました。

「このばけ物《もの》ども、いったいどこからきやがったんだ！」

「だしてくれぇ！」

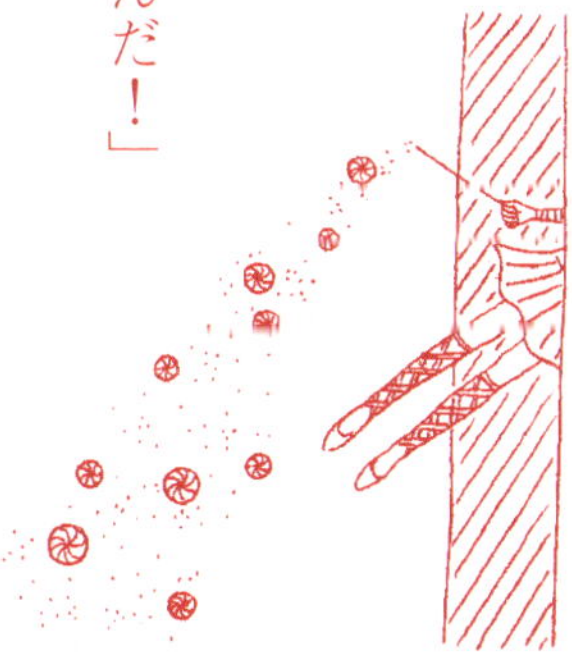

ジャック・フロストのかっこうをしたゴブリンがさけびました。

「トラがたくさんいるよう！」

「ひええ、ジャック・フロストがたくさんいるよう！」

サルのゴブリンがふるえあがります。

「なんだかすげえおこってるよう！」

4.

またまた失敗《しっぱい》

カースティは、カイリーとレイチェルのほうをむきました。

「ゴブリンたち、自分《じぶん》たちの姿《すがた》を見《み》てるって気《き》づいてないわ」

彼女《かのじょ》がわらいます。

「自分《じぶん》たちを見《み》てこわがってるのよ！」

「ガイコツだあ！」

いじわる魔女《まじょ》のゴブリンがさけびます。

「おっかないガイコツがたくさん生《い》きかえったんだ！」

彼《かれ》はあとずさりすると、トラの顔《かお》

のゴブリンにぶつかってしまいました。

　みんながガンガンぶつかっているうちに、楽隊長《がくたいちょう》さんの帽子《ぼうし》がゆかの上《うえ》に落《お》ちました。

　そのとき、トラの顔《かお》のゴブリンがさけびました。

「おい！　このばけ物《もの》どもは本物《ほんもの》じゃないぞ！　こいつはおれたちだ！」

　そういって、いちばん近《ちか》くの鏡《かがみ》を指《ゆび》さします。

「トラがこっちを指《ゆび》さしてるぞ！」

　サルのゴブリンがふるえる声《こえ》でい

いました。

「そりゃあ、そいつがおれだからだ！」

トラの顔《かお》のゴブリンがいらいらした声《こえ》でさけびました。

「おれがうつってるだけだ！」

カースティは、お腹《なか》がいたくなるほどわらいました。

カイリーもくすくすわらっています。

ですが、レイチェルは、ゆかに落《お》ちている帽子《ぼうし》を見《み》つめていました。

「いまがチャンスね」

彼女《かのじょ》がささやきます。

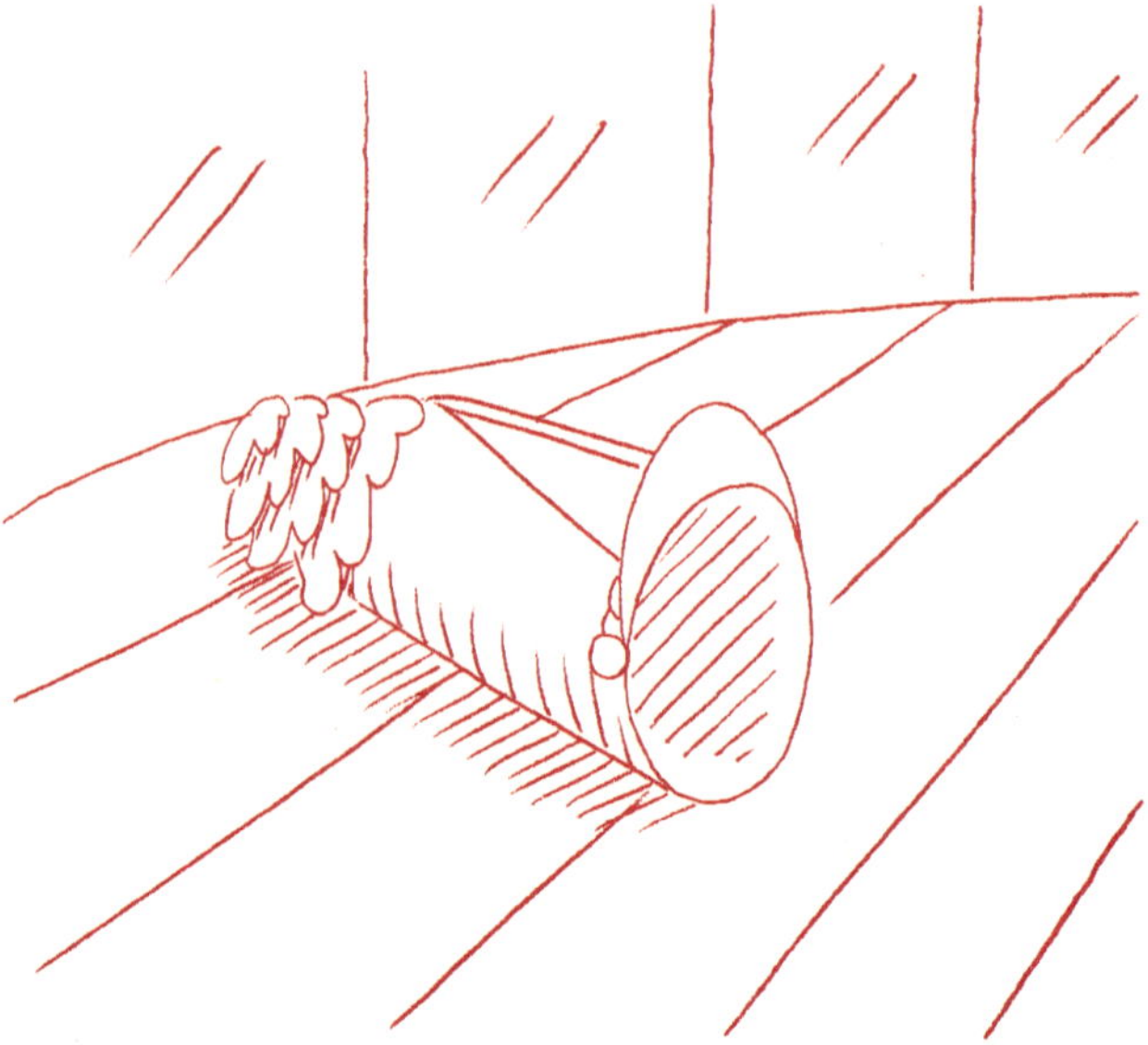

「力《ちから》をあわせれば、引《ひ》っ張《ぱ》りあげられるわよ！」

カイリーとカースティはわらうのをやめてうなずきました。

ゴブリンたちは鏡《かがみ》に近《ちか》よって、トラのゴブリンがいっていることがほんとうなのをたしかめています。

「おれにはわかってたもんね！」

ジャック・フロストのかっこうをしたゴブリンがいいました。

「お前《まえ》らほんとにバカばっかりだな！」

「だれがバカだって？」

トラの顔《かお》のゴブリンがいいかえします。

レイチェル、カースティ、カイリーはゴブリンを飛《と》びこして帽子《ぼうし》へと飛《と》んでいきましたが、いよいよ手《て》がとどき

そうなところで、トラのゴブリンが帽子《ぼうし》をさっとひろいあげてしまいました！

三人《さんにん》はさっと鏡《かがみ》のかげにかくれました。

「ドアがあったぞ！」

いじわる魔女《まじょ》のゴブリンはそういうと、ぱっとドアをおしあけました。

ゴブリンたちがいいあいをしながらドアからころがりでると、ドアは大《おお》きな音《おと》をたてて閉《し》まりました。

カイリーとふたりは、今度《こんど》は間《ま》にあいませんでした。

「もうちょっとで帽子《ぼうし》をとりかえせたのに！」

レイチェルがため息《いき》をつきました。

「あきらめないわよ」

カースティが力強《ちからづよ》くいいました。

「カイリー、わたしたちを元《もと》の大《おお》きさにもどして。ドアをあけなくちゃ」

カイリーはうなずくと、杖《つえ》からほとばしる魔法《まほう》の光《ひかり》でふたりを元《もと》の大《おお》きさにもどしてあげました。

ふたりはカイリーを肩《かた》にのせ、鏡《かがみ》の部屋《へや》からかけだしました。

「ゴブリンたちはあそこよ！」

レイチェルが前《まえ》のほうを指《ゆび》さします。

「コーヒーカップにむかってるみたい」

カースティがいいます。

三人《さんにん》は急《いそ》いでゴブリンたちをおいかけました。

カーニバルはさっきよりもずっとこんでいて、メリーゴーランドをはじめ、のり物《もの》はどれもこれも満員《まんいん》です。

木馬《もくば》にのった子《こ》どもたちがくるくる回《まわ》りながら楽《たの》しそうにわらっているのを見《み》て、レイチェルはほほえみました。

ですが、すぐに顔《かお》をしかめます。

「メリーゴーランドの音楽《おんがく》、なんだかひどい感《かん》じじゃない？」

彼女《かのじょ》がいいました。

「電気自動車《でんきじどうしゃ》のコーナーもおなじよ」

カースティは、ぶつかりあう車《くるま》のよこを通《とお》りすぎながらいいました。

「カーニバルを楽《たの》しむには、音楽《おんがく》はすごく大事《だいじ》なのに」

カーステイがため息《いき》をつきました。

「はやく楽隊長《がくたいちょう》さんの帽子《ぼうし》をとりかえさなくっちゃ！」

5.

ぐるぐるゴブリン

ゴブリンたちは、うきうきした顔《かお》で大《おお》きなピンクのコーヒーカップへとむかっています。

「今度《こんど》はどうするんだろう？」

レイチェルは、まだ魔法《まほう》の帽子《ぼうし》をかぶっているトラの顔《かお》のゴブリンを見《み》ながらいいました。

カースティは、じっと考《かんが》えています。

「考《かんが》えがあるわ」

コーヒーカップが回《まわ》りはじめると、彼女《かのじょ》がゆっくりといいました。

「ねえカイリー、コーヒーカップをいつもよりはやく回《まわ》すことができる？」

カイリーは、目《め》をきらりとさせました。

「うん、できるわよ」

彼女《かのじょ》がいいます。

コーヒーカップがくるくる回《まわ》りだすと、ゴブリンたちはとても楽《たの》しそうです。

カイリーはわらいながら杖《つえ》をゴブリンたちがのっているカップにむけると、きらめくフェアリーダストをはなちました。

コーヒーカップが、どんどんスピードをあげます。

「やっほおおう！」

ゴブリンたちがさけびます。

「こいつは最高《さいこう》だ！」

「まだまだはやくしなくっちゃ！」

カイリーはわらうと、また杖《つえ》をふりました。

コーヒーカップは、さっきよりもスピードをあげて回《まわ》りだしました。

ゴブリンたちは具合《ぐあい》がわるそうで、いつもよりみどり色《いろ》をしているように見《み》えます。

あまりにもすごいスピードで回《まわ》るので、トラのゴブリンはカップのふちにしがみついていなくてはなりませんでした。

カイリーがもう一度《いちど》杖《つえ》をふりあげて光《ひかり》のシャワーをふらせると、コーヒーカップはまたさらにスピードをあげて、ゴブリンたちはすっかりふらふらになってしまいました。

魔女《まじょ》の帽子《ぼうし》はぐらりともしませんが、楽隊長《がくたいちょう》さんの帽子《ぼうし》はそうでもありません。

トラのゴブリンはあわてて楽隊長《がくたいちょう》さんの帽子《ぼうし》をおさえようとしましたが、すっかりおそすぎました。

帽子《ぼうし》は頭《あたま》からすぽっとぬけると、くるくる飛《と》んでいってしまいました。

「帽子《ぼうし》があ！」

トラのゴブリンがひめいをあげました。

「コーヒーカップを止《と》めろ！」

いじわる魔女《まじょ》のゴブリンがいいます。

「おろせってば！」

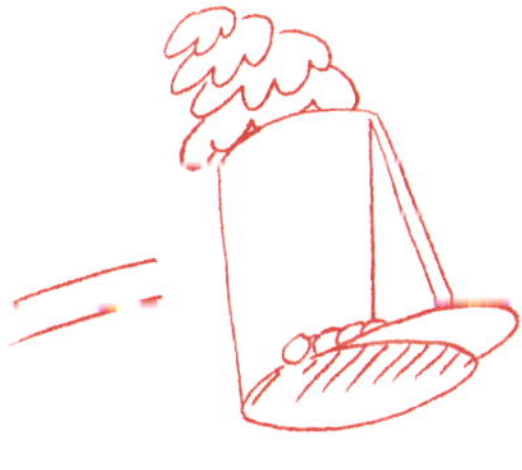

レイチェルがかけよって帽子《ぼうし》をひろいあげると、カイリーは杖《つえ》をふりあげてコーヒーカップのスピードを落《お》としました。

三人《さんにん》が見《み》ている前《まえ》でコーヒーカップが止《と》まり、ゴブリンたちがはいだしてきます。

ふらふらしているせいで、まっすぐ歩《ある》くこともできません。

ぶつかりあいながら歩《ある》くゴブリンたちを見《み》て、レイチェルはふきだしてしまいました。

「よかった、帽子《ぼうし》をとりもどせたわ」

カイリーがいいました。

「はやく楽隊長《がくたいちょう》さんのところにもっていかなくちゃ。もうすぐ午後《ごご》の

ショーがはじまっちゃう」

三人《さんにん》は、急《いそ》いでステージのとなりのテントへとむかいました。

楽隊長《がくたいちょう》さんはテントの外《そと》でカーニバル・マスターさんと話《はな》しているところでした。

近《ちか》づいてゆくと、話《はなし》が三人《さんにん》にも聞《き》こえてきました。

「もうショーの時間《じかん》だね」

カーニバル・マスターさんがいいました。

「お客《きゃく》さんもたくさんきているし、ダンサーも楽隊《がくたい》も休憩《きゅうけい》をしたからね。今《こん》度《ど》はもっとずっといいはずだよ」

楽隊長《がくたいちょう》さんはうなずきましたが、楽隊《がくたい》の人《ひと》たちが楽器《がっき》のじゅんびをしているテントに入《はい》っていくと、なんだか心配《しんぱい》そうな顔《かお》になりました。

レイチェル、カースティ、カイリーもそれをおいかけます。

テントのはしからのぞきこんでみると、楽隊《がくたい》の人《ひと》たちが、ダンサーさんたちを後《あと》にひきつれてならんでいます。

「どうやってこの帽子《ぼうし》をかえそうか？」

レイチェルがささやきました。

「楽隊長《がくたいちょう》さん、まだバトンをもってないわよね」

カースティは、テーブルの上《うえ》においてあるバトンに気《き》がついていいました。

「カイリー、あのよこにこの帽子《ぼうし》をおけないかな？」

カイリーがウインクをしました。

杖《つえ》をさっとひとふりして帽子《ぼうし》を小《ちい》さくします。

そしてヒューっと帽子《ぼうし》を飛《と》ばして、テントのはしからテーブルの上《うえ》にのせたのです。

帽子《ぼうし》はきちんとバトンのよこに着陸《ちゃくりく》しました。

もう一度杖《いちどつえ》をふり、カイリーは帽子《ぼうし》を元《もと》の大《おお》きさにもどしました。

「かーんぺき！」

カースティがほほえみます。

楽隊長《がくたいちょう》さんは急《いそ》ぎ足《あし》でバトンをとりにやってくると、よこに帽子《ぼうし》があるのを見《み》てびっくりしました。

「ぼくの帽子《ぼうし》だ！　でもいったいどうしてここに？」

大《おお》きな笑顔《えがお》を浮《う》かべながら帽子《ぼうし》をかぶり、ゴホンとせきばらいをしました。

「さて、じゃあさっきよりいい演奏《えんそう》をしようじゃないか？」

と楽団《がくだん》に声《こえ》をかけます。

不安《ふあん》そうな顔《かお》をしながら楽隊長《がくたいちょう》さんはバトンをさっとあげて、パレードの先頭《せんとう》に立《た》ちました。

テントの出口《でぐち》へと歩《ある》きだしながら、トランペットがファンファーレをならします。

レイチェルとカースティとカイリーはパレードを見《み》ようとあとずさりしました。

バンドがにぎやかな音楽《おんがく》をかなでます。

すばらしい演奏《えんそう》に、三人《さんにん》は顔《かお》を見《み》あわせてほほえみました。

ステージの上《うえ》ではダンサーさんたちがくるくるとバトンを回《まわ》しながら、リズムにのってかんぺきなステップをふんでいます。

観客《かんきゃく》たちから大《おお》きな拍手《はくしゅ》がまきおこりました。

「ぜんぶ元《もと》どおりね！」

レイチェルは安心《あんしん》してため息《いき》をつくと、くるりとメリーゴーフンドをふりかえりました。

ぐるぐると馬《うま》たちが回《まわ》っており、音楽《おんがく》もかわいらしくぴったりあっています。

「まだまだぜんぶっていうわけにはいかないわよ！」

カイリーが答《こた》えました。

「まだゴブリンたちはカーニバル・クラウンをもってるもの。あれをとりかえさないと、カーニバルは次《つぎ》の街《まち》にいけないい

のよ。ほかの子《こ》どもたちにもこのカーニバルをとどけなくっちゃ！」

「心配《しんぱい》ないわ、カイリー」

カースティがいいました。

「ぜったいにクラウンを見《み》つけてやるんだから」

カイリーはうれしそうにほほえみました。

「ありがとう」

彼女《かのじょ》がいいます。

「でも、このカーニバルはあなたたちのカーニバルでもあるのよ！　だから、あたしがフェアリーランドで王様《おうさま》と女王様《じょおうさま》に報告《ほうこく》してる間《あいだ》、ふたりもいっぱい楽《たの》しんでよね。あと帽子《ぼうし》がひとつだけだって知《し》ったら、きっと王様《おうさま》も女王《じょおう》様《さま》もよろこんでくれるわ！」

彼女《かのじょ》は杖《つえ》をふってさよならをしました。

「また明日《あした》」

レイチェルとカースティは、きらめく光《ひかり》のシャワーの中《なか》へ消《き》えてゆくカイリーに手《て》をふりました。

「さあ、ママとパパに会《あ》いに、ジェットコースターにいかなくちゃ」

カースティがいいました。

「うん、カイリーも楽《たの》しんでっていってたものね」

レイチェルはほほえみながら答《こた》えました。

「明日《あした》は、カーニバル・クラウンを探《さが》すわよ!」

第《だい》3章《しょう》

カーニバル・クラウン

1.

ねことクラウン

「今日《きょう》でカーニバルが終《お》わりだなんて、いやだなあ！」

カースティは、仮面《かめん》をつけながらいいました。

「レイチェル、これどう思《おも》う？」

「最高《さいこう》！」

レイチェルがわらいます。

ふたりとも仮装用《かそうよう》の衣装《いしょう》を着《き》て、閉園《へいえん》パレードのじゅんびをしています。

夜《よる》にはパレードと花火《はなび》があるのですが、ふたりはまだとりもどしていないカーニバル・クラウンを探《さが》すため、はやい時《じ》

間《かん》にもカーニバルにいってみました。

ですが、ゴブリンの姿《すがた》もカーニバル・クラウンも見《み》あたらなかったのです。

レイチェルとカースティは黒《くろ》いズボンと黒《くろ》いジャンパーを着《き》て、黒《くろ》いベルベットの仮面《かめん》をつけて、黒《くろ》ねこの仮装《かそう》をしています。

カースティのママがふたりに作《つく》ってくれたもこもこのしっぽをつけて、黒《くろ》いアイライナーで顔《かお》にヒゲをかいています。

「パールはぜんぜん気《き》づいてもくれないみたい！」

カースティは、ベッドで寝《ね》ているねこを見《み》つめてわらいました。

レイチェルもわらいましたが、すぐに心《しん》配《ぱい》そうな顔《かお》つきになりました。

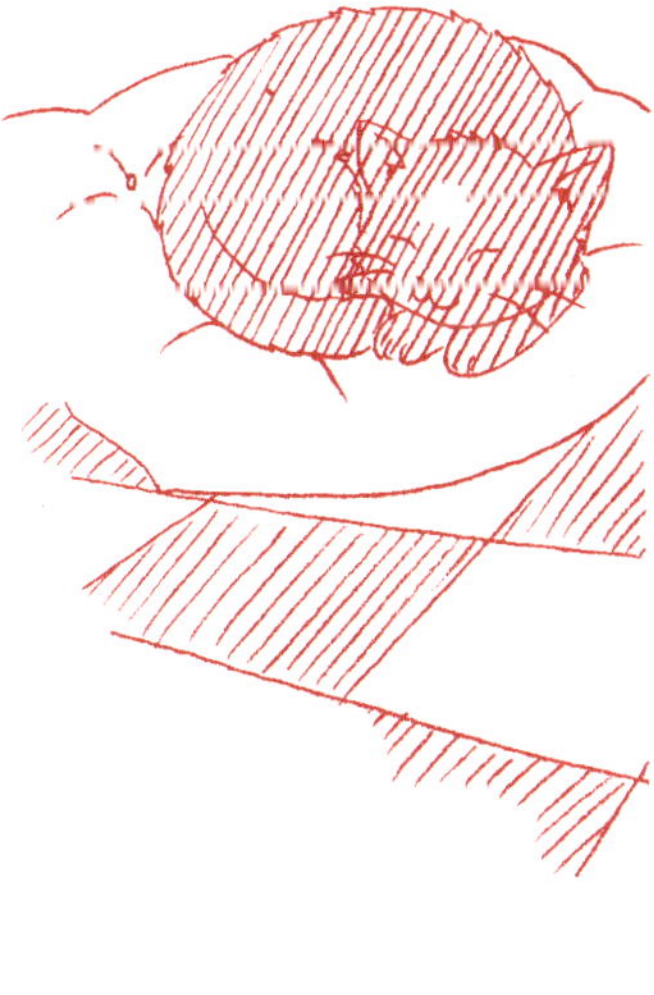

「パレードは楽《たの》しんだけど、心配《しんぱい》だなあ」

彼女《かのじょ》がいいます。

「だって、わたしたちがクラウンを見《み》つけないと、サニーデイズ・カーニバルはちゃんと終《お》わることもできないし、次《つぎ》の街《まち》にもいけないいんだよ」

カースティがうなずきます。

「なんとかなるように祈《いの》りましょう」

彼女《かのじょ》がいいます。

「ふたりとも、じゅんびはいいかい？」

カースティのパパが呼《よ》びました。

「いまいくわ！」

カースティはそうさけぶと、レイチェルといっしょに階段《かいだん》をかけおりました。

カースティのパパとママは、ぶかぶかの衣装《いしょう》と赤《あか》い鼻《はな》で、ピエロの仮装《かそう》をしています。

ふたりとも、仮装《かそう》したカースティとレイチェルを見《み》ると、感心《かんしん》したように手《て》をたたきました。

「すごくかわいいわ」

ママがいいます。

「パパとママもよ！」

カースティがわらいます。

「しっぽをふんづけないようにね」

パパがそういって、いよ

いよ出発《しゅっぱつ》です。

到着《とうちゃく》すると、カーニバルは最高《さいこう》ににぎわっていました。

すっかり日《ひ》がくれて、星《ほし》が明《あか》るくまたたいています。

すっかりさむくなっていましたが、アトラクションにはたくさんの人《ひと》たちがならんでいます。

レイチェルとカースティは、衣装《いしょう》があたたかいのでごきげんです。

「こんなに人《ひと》がいっぱいいたら、ゴブリンたちを見《み》つけるのも大変《たいへん》ね！」

レイチェルが小声《こごえ》でいいました。

「よく目《め》を光《ひか》らせてなくっちゃ」

カースティが答《こた》えます。

「わあ、見《み》て、レイチェル。アヒルつりだ！」

小《ちい》さなプールに黄色《きいろ》いプラスチックのアヒ

ルたちがおよいでいる屋台《やたい》を彼女《かのじょ》が指《ゆび》さします。

「いってみよう」

「わたしたちはお茶《ちゃ》を買《か》ってくるわ」

ママがいいます。

「あとで花火《はなび》のところで会《あ》いましょう。いいわね？」

カースティとレイチェルはうなずき、パパとママが歩《ある》いてゆくのを見送《みおく》ると、アヒルつりの屋台《やたい》にいってみました。

カースティがお金《かね》をはらうと、屋台《やたい》の人《ひと》は針《はり》のついたつり竿《ざお》をかしてくれました。

これでアヒルをつるのです。

レイチェルは、いちばん近《ちか》くにぷかぷか浮《う》いているアヒルにねらいをさだめました。

アヒルは何度《なんど》かとおざかりかけましたが、ついにレイチェルはつりあげるのに成功《せいこう》しました。

引《ひ》きよせていると、ふと小《ちい》さな声《こえ》が呼《よ》びかけてくるのに彼女《かのじょ》は気《き》がつきました。

「レイチェル、こんにちは！」

レイチェルはびっくりして、アヒルを落《お》としそうになってしまいました！

顔《かお》を近《ちか》づけて見《み》てみると、なんとアヒルの背中《せなか》にはカイリーがのっているではありませんか。

レイチェルはほほえみながらカースティをつつきました。

「なんだか、アヒルよりもすてきなものをつっちゃったみたい」

彼女《かのじょ》がわらいます。

「見《み》て！」

ふたりはすぐつり竿《ざお》とアヒルをおくと、カイリーといっしょに屋台《やたい》を後《あと》にしました。

「ジャック・フロストがいるの！」

カイリーはレイチェルの肩《かた》にぱたぱたと飛《と》んできながら、小声《こごえ》でいいました。

「ゴブリンたちがカーニバルをめちゃくちゃにできないもんだから、見《み》はりにきたのよ。で、カーニバル・クラウンをあいつがもってるの！」

「だから今夜《こんや》はこんなにさむいのね！」

カースティがさけび、カイリーがうなずきます。

「カイリー、どこかでゴブリンを見《み》かけた？」

レイチェルがたずねました。

ですが、ほとんどいい終《お》わらないうちに、ピエロの帽子《ぼうし》をかぶった人影《ひとかげ》が三《みっ》つ、ラブ・トンネルへと急《いそ》いでむかっていくのが目《め》にとまりました。

「見《み》て！」

レイチェルは、そのみどり色《いろ》の顔《かお》を見《み》つけるとはっとしていいました。

「ゴブリンたちだ！」

2.

ジャック・フロストを探《さが》せ

「よく見《み》つけたわ、レイチェル」

カイリーがいいました。

「よし、おいかけよう」

カースティがいいました。

三匹《さんびき》のゴブリンたちは、ラブ・トンネルの外《そと》に止《と》まっている列車《れっしゃ》のいちばん先頭《せんとう》に飛《と》びのりました。

レイチェル、カースティ、そしてカイリーはちょっと後《あと》の車両《しゃりょう》にのりこみました。

列車《れっしゃ》はゆっくりとトンネルの中《なか》へとむけて出発《しゅっぱつ》しました。

中《なか》はかなりくらかったので、ふたりは仮面《かめん》をとるとポケットにしまいました。

どうやらラブ・トンネルの中《なか》には四《よっ》つの季節《きせつ》があるようです。

まずは、ラッパスイセンやツリガネスイセンがたくさんさいている絵《え》のかかれた、春《はる》のトンネルを進《すす》んでいきます。

次《つぎ》に夏《なつ》のトンネルに入《はい》ると、ピクニックをしたり日光浴《にっこうよく》をしたりしてる人《ひと》たちの絵《え》になりました。

空気《くうき》もあたたかくなり、バラのアーチの下《した》にはベンチがおかれています。

秋《あき》のトンネルではまた空気《くうき》が少《すこ》し冷《つめ》たくなり、赤《あか》やオレンジ、金色《きんいろ》の葉《は》をつけた作《つく》り物《もの》の木《き》が姿《すがた》をあらわしました。

最後《さいご》に冬《ふゆ》のトンネルにさしかかると、とてもさむくなりました。

雪《ゆき》の作《つく》り物《もの》が地面《じめん》につもっていて、スケートをしたりソリにのったりしている人《ひと》たちの絵《え》がかいてあります。

そして、カーブにさしかかったときに列車《れっしゃ》がスピードをゆるめました。

ゴブリンたちが飛《と》びおりて、一枚《いちまい》の絵《え》の裏《うら》にかけこんでいくのを見《み》て、三人《さんにん》は

目《め》をまるくしました。

「はやく！」

レイチェルがささやきます。

「おいかけなくちゃ！」

三人《さんにん》は列車《れっしゃ》からおりると、プラスチックの木《き》のかげにかくれました。

「はやくしないか、このバカものどもが！」

絵《え》のむこうから聞《き》こえてきた声《こえ》に、三人《にん》は飛《と》びあがってしまいました。

木《き》のかげから顔《かお》をだしてのぞいてみると、そこには氷《こおり》の玉座《ぎょくざ》にすわったジャッ

ク・フロストがいるではありませんか！

「カーニバル・クラウンをかぶってるわ！」

カースティがこうふんしたようにささやきました。

ジャック・フロストはゴブリンたちをにらみつけました。

「お前《まえ》らはあそびすぎだ！」

恐《おそ》ろしい声《こえ》でどなりつけます。

「人間《にんげん》どものカーニバルを台《だい》なしにするのが役目《やくめ》なはずだ。わしは楽《たの》しんでこいなんていっておらんぞ！」

「こっそり絵《え》の裏《うら》までいって玉座《ぎょくざ》に忍《しの》びよったら、クラウンをぱっととっちゃえないかな！」

レイチェルがいいました。

「よさそうね」

カイリーがうなずきます。

レイチェルとカースティは、ぬき足《あし》さし足《あし》で玉座《ぎょくざ》へと近《ちか》づいていきました。

「ほほう？」

ジャック・フロストがおどすようにいいました。

「カーニバルを台《だい》なしにしちゃういい方法《ほうほう》があるんですよ」

一匹《いっぴき》のゴブリンがいいました。

「リンゴあめをぜんぶぬすんで、食《く》っちまうんです！」

「子《こ》どもたちをおどかすのもいいな！」

ほかの一匹《いっぴき》がさけびます。

「メリーゴーランドの馬《うま》の鞍《くら》に、ペンキをかけちまおうぜ！」

またほかのゴブリンが、うきうきしながらいいます。

「すばらしい！」

ジャック・フロストは、楽《たの》しそうに両手《りょうて》をこすりました。

「で、わしがカーニバル・クラウンをもってここにいれば、あのいまいましい妖精《フェアリー》どもも手《て》だしはできまい！」

ゴブリンたちが歓声《かんせい》をあげました。

レイチェルとカースティが玉座《ぎょくざ》までたどり着《つ》いたと思《おも》ったら、ゴブリンたちはいやらしいわらい声《ごえ》をひびかせながら、またカーニバルへとかけもどっていきました。

クラウンは玉座《ぎょくざ》の上《うえ》からひょっこり見《み》えています。

「レイチェル、とどきそう？」

カイリーがささやきます。

「やってみる」

レイチェルは注意深《ちゅういぶか》く手《て》をのばしながらいいました。

ですが、いきなりジャック・フロストがひょいと立《た》ちあがったので、クラ

ウンに手《て》がとどかなくなってしまいました。

ふたりが飛《と》びあがっておどろいたので、カイリーはレイチェルの肩《かた》から落《お》ちてしまいました。

「わしをだませると思《おも》ったか、ええ？」

ジャック・フロストは冷《つめ》たく笑《わら》いながら、玉座《ぎょくざ》の裏《うら》をのぞきこみました。

「そんなことはできんぞ！　そこにいるのはずっと知《し》っておったわい！」

「おねがい、クラウンをかえして！」

レイチェルがさけびました。

「そうよ、かえしてもらうわよ！」

カースティがいさましくいいました。

ですがジャック・フロストはただわらうと杖《つえ》をふたりにむけ、氷《こおり》のいなずまをふたつはなったのです。

3.

氷《こおり》のいなずま

レイチェルとカースティは、ぎりぎりのところで飛《と》びのいて、いなずまをよけました。

また玉座《ぎょくざ》の裏《うら》からのぞいてみると、ジャック・フロストは別《べつ》の列車《れっしゃ》の最後《さいこう》尾《び》に飛《と》びのるところでした。

角《かど》を曲《ま》がって消《き》えてゆく列車《れっしゃ》から、ジャック・フロストがこちらにむけて、楽《たの》しそうに手《て》をふっています。

「おいかけるわよ！」

カースティがそうさけぶと、みんなはラブ・トンネルをかけだしました。

カーニバルの会場《かいじょう》にもどってみると、ゴブリンたちがあばれはじめたのはすぐにわかりました。

「ピエロがぼくのリンゴあめをとっちゃったよう！」

小《ちい》さな男《おとこ》の子《こ》がないています。女《おんな》の子《こ》は、洋服《ようふく》をペンキまみれにしてなにかいっています。

カイリーとふたりが次《つぎ》にどうしようか考《かんが》えていると、木《こ》かげからゴブリンのピエロが、

「わっ！」

とさけびながら顔《かお》をだして、小《ちい》さな女《おんな》の子《こ》をなかせてしまいました。

「ゴブリンたち、ひどいわ！」

カースティは顔《かお》にしわをよせていいました。

レイチェルもうなずきます。

「カーニバル・クラウンをとりもどさなくちゃ」

と、力強《ちからづよ》くいいます。

「かんたんじゃないわね」

カイリーがいいました。

「みんな仮装《かそう》をしてるから、ジャック・フロストを見《み》つけるのも大変《たいへん》だわ」

すると、いきなり「バン！」という大《おお》きな音《おと》がなりひびきました。

「きゃあ！」

レイチェルがびっくりしてひめいをあげます。

見《み》あげてみると、銀色《ぎんいろ》の光《ひかり》が空《そら》にきらきらとおどっています。

「まだ花火《はなび》にははやいはずよね？」

彼女《かのじょ》がつぶやきました。

「花火《はなび》じゃないわ」

カイリーがさけびます。

「あれ、ジャック・フロストの氷《こおり》のいなずまよ！」

「あっちからだわ」

カースティはそういうと、ログ・フォールのほうを指《ゆび》さしました。

三人《さんにん》はログ・フォールめがけて走《はし》りました。

そこにはジャック・フロストがいて、ログ・フォールの水《みず》をぜんぶこおらせてしまおうとしているところでした。

「やだわ」

カースティがため息《いき》をつきます。

「またべつのわるさでカーニバルを台《だい》なしにしちゃうつもりね！」

なんとも満足《まんぞく》そうに、ジャック・フロストは歩《ある》きさっていきました。

三人《さんにん》は顔《かお》をしかめました。

「またほかのアトラクションをこおらせる気《き》にちがいないわ！」

レイチェルがいいます。

ですが、ジャック・フロストは、観覧車《かんらんしゃ》の列《れつ》にならびました。

目《め》をかがやかせながら、上《うえ》を見《み》あげます。

「観覧車《かんらんしゃ》はこおらせられないわよねえ？」

カースティがいいました。

「どうだろう」

カイリーが、不安《ふあん》そうに答《こた》えました。

「あの後《あと》にならびましょう。ふたりとも、ジャック・フロストに見《み》つからないように仮面《かめん》をつけて」

レイチェルとカースティはマスクをかぶると列《れつ》にならびました。

「ちょっとだけのるとしよう」

ジャック・フロストはつぶやいています。

「観覧車《かんらんしゃ》ってものに一回《いっかい》のってみたかったんだ。ゴブリンどもにも見《み》つかるまい！」

そういうと、ゴブリンたちがあたりにいないか、きょろきょろと見回《みまわ》します。

その顔《かお》がこちらにむいたのでカースティとレイチェルはドキドキしてしまいましたが、どうやら仮面《かめん》のおかげで気《き》づかれずにすんだようです。

「観覧車《かんらんしゃ》にのるつもりなんだわ！」

レイチェルがいいました。

「わたしたちものろう！」

カースティが答《こた》えます。

わくわくしたようすで、ジャック・フロストは観覧車《かんらんしゃ》にのりこみました。

ふたりとカイリーもすぐ後《あと》に飛《と》びのり、観覧車《かんらんしゃ》にゆられます。

レイチェルとカースティは、前《まえ》を見《み》あげてみました。

ジャック・フロストはすぐ上《うえ》にいて、てっぺんへとのぼっていきます。

ですがレイチェルにはわかっています。

てっぺんを通《とお》りすぎてくだりはじめたら、今度《こんど》はジャック・フロストが下《した》になるのです。

なにか引《ひ》っかけられるものさえあったらなあ、とレイチェルは思《おも》いました。

そしたら、ジャック・フロストの頭《あたま》からクラウンをもちあげられるのに！

そのとき、レイチェルの目《め》にアヒルつりの屋台《やたい》が飛《と》びこんできました。

「ひらめいた！」

彼女《かのじょ》がさけびます。

「カイリー、大《おお》きなつり針《ばり》がついたつり竿《ざお》を魔法《まほう》でだしてくれない？　アヒルつりのつり竿《ざお》みたいなやつよ」

「ああ！」

カースティが顔《かお》をかがやかせました。

「つまり、クラウンつりをやろうってことね！」

「できるわよ」

カイリーはわらって空中《くうちゅう》にまいあがると、杖《つえ》をふりました。

キラキラと光《ひかり》の粒《つぶ》がまいちったかと思《おも》うと、レイチェルの手《て》の中《なか》にぴかぴか光《ひか》る金色《きんいろ》のつり竿《ざお》があらわれました。

「そろそろてっぺんよ」

カースティがいいます。

「今度《こんど》はわたしたちが上《うえ》になる番《ばん》ね」

レイチェルは仮面《かめん》をとると身《み》をのりだし、糸《いと》の先《さき》についたつり針《ばり》でカーニバル・クラウンをひっかけようとしました。

おしいところまではいくのですが、風《かぜ》がふいているせいでうまくいきません。

ですが、カイリーがまいおりていくとそっとつり針《ばり》をつかまえ、クラウンにくっつけてくれました。

ほとんど息《いき》を止《と》めたまま、レイチェルはジャック・フロストの頭《あたま》からクラウンをつりあげはじめました……。

4.

クラウンをつけた女王様《じょおうさま》

レイチェルがクラウンをつりあげたのに、ジャック・フロストは気《き》がつきません。観覧車《かんらんしゃ》があまりにも楽《たの》しくてたまらないのです！

「よくやったわ、レイチェル」

カースティはつり糸《いと》からクラウンをはずしながらいいました。

カイリーがふたりにほほえみかけます。

「これでカーニバルも無事《ぶじ》に終《お》わるわね」

彼女《かのじょ》がいいます。

「クラウンの贈呈式《ぞうていしき》にも間《ま》にあったわ！」

どのアトラクションも、もうほとんど止《と》

まっています。

パレードもはじまっていて、どうやらもうすぐクラウンをもらうカーニバル・キングかカーニバル・クイーンが決《き》まりそうです。観覧車《かんらんしゃ》が止《と》まると、ふたりはさっと飛《と》びおりました。

レイチェルはびくびくしながらジャック・フロストをぬすみ見《み》ましたが、まだクラウンが消《き》えたことには気《き》づいていないようです。

ですがそのとき、一匹《いっぴき》のゴブリンがかけよってきました。

「クラウンが！」

ゴブリンが、ジャック・フロストの頭《あたま》を指《ゆび》さしてさけびます。

「どこにやったんです？」

ジャック・フロストは頭《あたま》をぴしゃりとたたくと、クラウンがそこにないことに気《き》がつきました。

いかりのにじんだ目《め》であたりを見回《みまわ》し、レイチェルと目《め》があいます。

レイチェルは、マスクをつけていないことに気《き》がついて心臓《しんぞう》が止《と》まりそうなほどおどろきました。

「またお前《まえ》らか！」

ジャック・フロストがさけびました。

そして、カースティがクラウンをもっているのを見《み》つけます。

「クラウンをかえせ！」

「走《はし》るのよ！」

カイリーがさけびました。

ふたりがくるりとふりかえると、カイリーがカースティの肩《かた》にしがみつきました。

ふたりはクラウンの贈呈式《ぞうていしき》がおこなわれるメイン・ステージへとかけていきます。

ジャック・フロストがそれをおいかけます。

「カーニバル・マスターさんがステージにいるわ」

レイチェルが息《いき》をきらしながらいいました。

「もうすぐそこよ！」

ですがそのとき、後《うし》ろでジャック・フロストがなにか呪文《じゅもん》をとなえているのが聞《き》こえてきました。

「にげられると思《おも》うなよ。このボールでにげ足《あし》を止《と》めてやるから、見《み》ておれよ！」

ココナツ落《お》としのお店《みせ》を通《とお》りすぎるときにボールを入《い》れたバケツがひっくりかえりました。

ふたりの足下《あしもと》にひろがる草《くさ》の上《うえ》を、ボールがころがったりはずんだりしながらじゃまをします。

レイチェルは足《あし》をすべらせ、カースティはよろめいてしまいました。

クラウンはカーステティの手《て》から飛《と》びだすと、ステージにむけて飛《と》んでいきました。

「やだ!」

レイチェルは、クラウンをおいかけていくジャック・フロストを見《み》てひめいをあげました。

ジャック・フロストがステージのはじでクラウンをつかむと、ちょうどカーニバル・マスターさんが出《で》てきて司《し》会《かい》をはじめるところでした。

「残念《ざんねん》ながら、カーニバル・クラウンがなくなってしまったのです」

彼《かれ》がさびしそうにいいます。

「ですがカーニバル・キングかカーニバ

ル・クイーンに選《えら》ばれた方《かた》には、来年《らいねん》のためのフリーパスをさしあげますよ」

カーニバル・マスターさんが話《はな》していると、とつぜんスポットライトがぱっとつき、白《しろ》い光《ひかり》の中《なか》にジャック・フロストをてらしだしました。

ジャック・フロストはクラウンを手《て》にもって、目《め》をぱちくりさせています。

「カーニバル・クラウンだ！」

カーニバル・マスターさんはジャック・フロストにかけよりながらさけびました。

「見《み》つけてくれたんですね！　ありがと

う！」

カーニバル・マスターさんがあたたかくジャック・フロストの手《て》をにぎると、観客《かんきゃく》たちから拍手《はくしゅ》がわきおこりました。

「それに、なんてすばらしい仮装《かそう》でしょうか！」

彼《かれ》が感動《かんどう》したようにいいます。

カーニバル・マスターさんに手《て》を引《ひ》かれてステージへと登場《とうじょう》したジャック・フロストが観客《かんきゃく》たちの拍手《はくしゅ》につつまれるのを、レイチェル、カースティ、カイリーは見《み》まもりました。

「見《み》て、ジャック・フロストが赤《あか》くなってる！」

カイリーがささやきました。

カイリーのいうとおり！

ジャック・フロストは注目《ちゅうもく》をあびてとても楽《たの》しそう。

満足《まんぞく》そうな表情《ひょうじょう》を浮《う》かべています。

「さて、それでは優勝者《ゆうしょうしゃ》を発表《はっぴょう》させてください」

カーニバル・マスターさんがそういうと、ジャック・フロストはもっとうれしそうな顔《かお》をしました。

レイチェルは、観客席《かんきゃくせき》のいちばん前《まえ》でゴブリンたちが歓声《かんせい》をあげているのに気《き》づいて、カースティをつつきました。

カーニバル・マスターさんが一枚《いちまい》の紙《かみ》をひろげ、ジャック・フロストがそれを読《よ》みあげます。

「今年《ことし》のカーニバル・クイーンは、王女様《おうじょさま》のドレスがとってもにあう、アレクサンドラ・カービィちゃん！」

かわいらしい王女様《おうじょさま》のドレスを着《き》た小《ちい》さな女《おんな》の子《こ》が、ほほえみながらステージにのぼりました。

カーニバル・マスターさんは彼女《かのじょ》を金《きん》色《いろ》の玉座《ぎょくざ》にすわらせてから、ジャック・フロストのクラウンをうけとろうと、ジャック・フロストのほうをむきました。

ジャック・フロストはけわしい顔《かお》をすると、ぎゅっとクラウンをにぎりしめてしまいました。

ですが、最後《さいご》には手《て》をはなさなくてはなりませんでした。

こんな大勢《おおぜい》の観客《かんきゃく》たちの前《まえ》では、どうすることもできません。

カーニバル・クイーンがクラウンを頭《あたま》にのせてもらうと、彼《かれ》はむすっとした顔《かお》でドシドシとステージをおりました。

ですが、すぐにたくさんの子《こ》どもたちにかこまれてしまいました。

「すいません、サインください」

ちっちゃい男《おとこ》の子《こ》がいいます。

「どうやってクラウンを見《み》つけたの？」

ほかの男《おとこ》の子《こ》がたずねます。

「写真《しゃしん》とってもいいですか？」

ふたりづれの女《おんな》の子《こ》がおねがいしにきました。

ジャック・フロストはおろおろしながら立《た》ちさろうとしましたが、子《こ》どもたちはその後《あと》をおいかけます。

「ジャック・フロストにファンクラブができたみたい！」

カイリーは、ふたりといっしょにステージからはなれながらわらいました。

「ふたりには、どうお礼《れい》をいったらいいのかわからないわ。これでサニーデイズ・カーニバルは、ほかの街《まち》の子《こ》どもたちのために移動《いどう》できるんだもの」

「お礼《れい》なんていいのよ」

レイチェルがほほえみました。

「もうすぐ花火《はなび》がはじまる時間《じかん》ね」

カースティがいいました。

「ママとパパのところにいかなくっちゃ」

そのとき大《おお》きなフェアリーダストの雲《くも》がふたりの目《め》の前《まえ》にキラキラとあらわれました。

「カースティ、見《み》て！」

晴《は》れてゆく雲《くも》を見《み》ながらレイチェルが息《いき》をのみます。

目《め》の前《まえ》には、かがやくメリーゴーランドが回《まわ》っていたのです。

そして色《いろ》をぬられたユニコーンの背中《せなか》には、オベロン王《おう》とティタニア女王《じょおう》がのっているではありませんか。

5.

とても大切《たいせつ》なお客《きゃく》さん

「ここでなにしてるんですか?」

レイチェルは、王様《おうさま》と女王様《じょおうさま》がこちらへ飛《と》んでくるのを見《み》ると、顔《かお》をかがやかせました。

「これまでは、フェアリーランドでしか会《あ》ったことがなかったのに」

カースティがいいます。

オベロン王《おう》はにっこりとほほえみました。

「ふたりにお礼《れい》がいいたくてね」

「サニーデイズ・カーニバルはすくわれたわ。ほんとうにありがとう!」

女王様《じょおうさま》がいいます。

「ジャック・フロストはどうなるの？」

カースティが心配《しんぱい》そうにたずねました。

「心配《しんぱい》しなくてもよい！」

王様《おうさま》はそういうと、楽《たの》しそうに子《こ》どもたちにサインをしているジャック・フロストを指《ゆび》さしました。

「あいつも楽《たの》しんでおるようだ」

「ジャック・フロストは人《ひと》に注目《ちゅうもく》されるのが大好《だいす》きなのよ」

女王様《じょおうさま》がいいました。

「ああやって人気者《にんきもの》になっている間《あいだ》は、サニーデイズにもわるさはしませんよ」

「こっちにこい！」

ジャック・フロストがゴブリンたちにいいました。

「サイン帳《ちょう》とカーニバルのパンフレットをもってこい。ぜんぶサインしてやる！」

レイチェルとカースティはわらいました。

「これでカーニバルは安心《あんしん》ってわけね！」

レイチェルがいいました。

「ええ。ほんとうにありがとう」

ティタニア女王《じょおう》が答《こた》えます。

彼女《かのじょ》が杖《つえ》をかかげてカースティの手《て》に、次《つぎ》にレイチェルの手《て》にふれました。

ふたりが気《き》づいたときには手《て》のひらの上《うえ》に小《ちい》さなメリーゴーランドがキラキラとかがやきながらのっていたのです！

「レイチェル、見《み》て」

カースティは目《め》を大《おお》きく見開《みひら》きながらいいました。

「サニーデイズ・カーニバルのメリーゴーランドとそっくりだわ！」

「それに、馬《うま》もちゃんと回《まわ》ってる！」

レイチェルはメリーゴーランドを動《うご》かしながらいいました。

「すごくかわいい！」

バーンと音《おと》がしてみんなが空《そら》を見《み》あげると、赤《あか》とみどりの光《ひかり》が空《そら》にまたたいていました。

「花火《はなび》がはじまったようだね」

オベロン王《おう》がいいました。

「ふたりとも、カースティのご両親《りょうしん》のところへ帰《かえ》りなさい。カイリーと女王《じょおう》とわしには、まだやらなくちゃいかんことがあるのだよ！」

女王様《じょおうさま》はほほえむと、レイチェルとカースティにウインクをしてみせました。

「今年《ことし》の花火《はなび》を、すごく特別《とくべつ》な花火《はなび》にしてしまうのよ！」

彼女《かのじょ》がわらいます。

カイリーはうれしそうに手《て》をたたいています。

「さようなら！」

レイチェルとカースティがさけびました。

「すてきなプレゼントをありがとう」

カイリーたちは杖《つえ》をふり、夜空《よぞら》にひろがる虹色《にじいろ》の光《ひかり》の中《なか》へとまいあがっていき

ました。

カースティとレイチェルがパパとママのところにいくと、空《そら》じゅうを虹《にじ》の七色《ななじろ》の花火《はなび》がおおいつくしました。

「こりゃあすごい！」

カーニバル・マスターさんはおどろいています。

「こんなすごい花火《はなび》を買《か》ったおぼえはないぞ！」

レイチェルとカースティは、顔《かお》を見《み》あわせてほほえみました。

だって、ふたりだけが知《し》っているのです。

サニーデイズ・カーニバルの花火《はなび》に妖精《フェアリー》の魔法《まほう》がたくさんのきらめきをあたえてくれたことを。

レインボーマジック第《だい》1シリーズ　虹《にじ》の妖精《フェアリー》　内容紹介《ないようしょうかい》

妖精たちの世界《フェアリーランド》に色《いろ》をとりもどして!!

レイチェルとカースティは、夏休《なつやす》みに訪《おとず》れたレインスペル島《とう》で、ぐうぜん、小《ちい》さな妖精《フェアリー》ルビーを見《み》つけます。ルビーはおそろしいジャック・フロストに呪《のろ》いをかけられて、人間《にんげん》の世界《せかい》に追放《ついほう》された虹《にじ》の妖精《フェアリー》たちのひとりでした。レイチェルとカースティが、ルビーにつれられてフェアリーランドにいくと、そこは色《いろ》のない白黒《しろくろ》の世界《せかい》。ふたりはジャック・フロストの呪《のろ》いをとき、フェアリーランドを色《いろ》のある平和《へいわ》な世界《せかい》にもどすため、7人《にん》の妖精《フェアリー》を探《さが》すぼうけんの旅《たび》へとでかけます!

レインボーマジック①
赤《あか》の妖精《フェアリー》ルビー

楽《たの》しんでいれば、きっと
レインボーマジック《虹の魔法》に出会《であ》えるよ!

色《いろ》のない白黒《しろくろ》の世界《せかい》になってしまった妖精《フェアリー》の国《くに》フェアリーランド。呪《のろ》いにかけられた虹《にじ》の妖精《フェアリー》たちを探《さが》しだすぼうけんファンタジー!

レインボーマジック②
オレンジの妖精《フェアリー》アンバー

そのキラキラは、
妖精の粉《フェアリーダスト》かもしれない!

赤《あか》の妖精《フェアリー》ルビーをたすけだしたレイチェルとカーステイ、のこる六日間《むいかかん》で六人《ろくにん》の妖精《フェアリー》たちを探《さが》しだしましょう!

レインボーマジック③
黄色《きいろ》の妖精《フェアリー》サフラン

妖精《フェアリー》はぜったい大人《おとな》に
見《み》られちゃいけないよ!

魔法《まほう》の小川《おがわ》から聞《き》こえてくる声《こえ》は、妖精《フェアリー》たちに居場所《いばしょ》をしめしています。はたして、黄色《きいろ》の妖精《フェアリー》サフランはどこに?

レインボーマジック④
みどりの妖精《フェアリー》ファーン

魔法《まほう》のバッグを
見《み》てみるっていうのはどうかな?

大《おお》きな石《いし》の塔《とう》、さきみだれるバラ、そしてみどり色《いろ》の高《たか》い生垣《いけがき》。秘密《ひみつ》の庭《にわ》でふたりが出《で》会《あ》ったものとは…。

レインボーマジック⑤
青《あお》の妖精《フェアリー》スカイ

たいへん!
スカイが閉《と》じこめられちゃう!

海草《かいそう》の下《した》からあらわれたカニは、青《あお》くキラキラしています。ふたりはカニの後《あと》をおいかけて、妖精《フェアリー》を探《さが》しにむかいます!

レインボーマジック⑥
あい色《いろ》の妖精《フェアリー》イジー

ここは、
おかしの国《くに》の入《い》り口《ぐち》だよ!

読《よ》もうとした本《ほん》の表紙《ひょうし》が、あい色《いろ》なことに気《き》がつきます。ところが、その本《ほん》の中《なか》にすいこまれてしまって!?

レインボーマジック⑦
むらさきの妖精《フェアリー》ヘザー

ジャック・フロストを、
虹《にじ》の魔法《まほう》でとめるのよ!

夏休《なつやす》みも最後《さいご》の日《ひ》!　のこるひとりの妖精《フェアリー》を見《み》つけだし、ジャック・フロストの呪《のろ》いをとくことはできるのでしょうか。

レインボーマジック第《だい》2シリーズ　お天気《てんき》の妖精《フェアリー》　内容紹介《ないようしょうかい》

たいへん！　魔法《まほう》の羽根《はね》がぬすまれちゃった！

前《まえ》の夏休《なつやす》みをレインスペル島《とう》ですごした、レイチェルとカースティ。ところがまた、ジャック・フロストとゴブリンがわるさをしてしまいます。なんと、フェアリーランドのお天気《てんき》を決《き》めている風見《かざみ》どりのドゥードルから、魔法《まほう》の羽根《はね》をぬすんでしまったのです。今度《こんど》はお天気《てんき》の妖精《フェアリー》たちと力《ちから》をあわせて、ゴブリンたちから魔法《まほう》の羽根《はね》をとりもどす、あらたなぼうけんの旅《たび》がはじまります！

レインボーマジック⑧
雪《ゆき》の妖精《フェアリー》クリスタル

夏《なつ》なのに、
雪《ゆき》がふってきちゃった!?

虹《にじ》の妖精《フェアリー》たちを探《さが》しだしたレイチェルとカーステイ。しかし、またジャック・フロストとゴブリンがわるさをたくらんでいて!?

レインボーマジック⑨
風《かぜ》の妖精《フェアリー》アビゲイル

魔法《まほう》の羽根《はね》をもったゴブリンが、
きっと近《ちか》くにいるはず!

妖精《フェアリー》たちといっしょに、7枚《まい》の羽根《はね》をとりもどすことを約束《やくそく》したふたり。ケーキ作《づく》り選手権《せんしゅけん》の会場《かいじょう》で見《み》たものとは?

レインボーマジック⑩
雲《くも》の妖精《フェアリー》パール

また羽根《はね》の手《て》がかりが
見《み》つかったのかも!

ウェザーベリー村《むら》に住《す》んでいる人《ひと》たちの頭《あたま》の上《うえ》に、まるで小《ちい》さい雲《くも》のようなけむりがうかんでいて…。

レインボーマジック⑪
太陽《たいよう》の妖精《フェアリー》ゴールディ

太陽《たいよう》がしずまなくて、
あつくてねむれないよ!

夜《よる》にキャンプをしていると、まだ日《ひ》が高《たか》いことに気《き》がつきます。これは太陽《たいよう》の羽根《はね》をもっているゴブリンのしわざかも!

レインボーマジック⑫
霧《きり》の妖精《フェアリー》エヴィ

すごくはやく霧《きり》が
たちこめてきているみたい!

マラソン大会《たいかい》をおこなっている森《もり》の中《なか》は、銀《ぎん》色《いろ》の霧《きり》でいっぱい!　とりもどさなければいけない羽根《はね》はあと三枚《さんまい》!

レインボーマジック⑬
雷《かみなり》の妖精《フェアリー》ストーム

もうびしょぬれ!
これはまちがいなく魔法《まほう》だわ!

雨宿《あまやど》りのためにむかった村《むら》の博物館《はくぶつかん》。そこではゴブリンがとんでもないことをおこなっていて!?

レインボーマジック⑭
雨《あめ》の妖精《フェアリー》ヘイリー

ついにジャック・フロストが
やってくる!?

「気《き》をつけろ、ジャック・フロストがくるであろう」風見《かざみ》どりドゥードルの警告《けいこく》!　最後《さいご》の羽根《はね》を見《み》つけられるのでしょうか。

レインボーマジック第《だい》3シリーズ　パーティの妖精《フェアリー》　内容紹介《ないようしょうかい》

妖精《フェアリー》たちのパーティ・バッグをまもらなくっちゃ！

フェアリーランドの記念式典《きねんしきてん》に招待《しょうたい》されることになった、ふたりの女《おんな》の子《こ》、レイチェルとカースティ。ところが、いたずら好《ず》きのジャック・フロストは、またなにかをたくらんでいるようす。手《て》下《した》のゴブリンたちを 使《つか》って、人間《にんげん》の世界《せかい》のパーティをめちゃくちゃにし、妖精《フェアリー》たちから魔法《まほう》のバッグをぬすんでしまおうとしているのです。妖精《フェアリー》たちは魔法《まほう》のバッグがないと、パーティのじゅんびができません！　フェアリーランドの記念式典《きねんしきてん》を無事《ぶじ》に成功《せいこう》させるため、妖精《フェアリー》たちといっしょに力《ちから》をあわせて、ふたりの新《あたら》しいぼうけんがはじまります！

レインボーマジック⑮
ケーキの妖精《フェアリー》チェリー

魔法《まほう》の手紙《てがみ》は、
ぼうけんのはじまりだよ!

手紙《てがみ》からあふれだす光《ひかり》といっしょにあらわれたのはだれ?　レイチェルとカーステイの新《あたら》しいぼうけんがはじまります!

レインボーマジック⑯
音楽《おんがく》の妖精《フェアリー》メロディ

どうしよう!
バレエの音楽《おんがく》が止《と》まらない!

パーティの妖精《フェアリー》のバッグをぬすもうとたくらむゴブリンたち。バレエの発表会《はっぴょうかい》にむかったふたりが見《み》たものは…?

レインボーマジック⑰
キラキラの妖精《フェアリー》グレース

おたんじょう日《び》の
かざりつけはたいへん!

パーティのかざりつけをてつだうことになったふたり。そのパーティには、ゴブリンがあらわれるかもしれません!

レインボーマジック⑱
おかしの妖精《フェアリー》ハニー

さあ、おかし屋《や》さんの
パーティへいこう!

おかし屋《や》さんのパーティでは、ゴブリンが大《おお》あばれ!　チョコレートの足《あし》あとの先《さき》には、いったいなにが?

レインボーマジック⑲
お楽《たの》しみの妖精《フェアリー》ポリー

もしかしてこれ、
ゴブリンのいたずらかしら?

ガールスカウトの楽《たの》しいゲームに参加《さんか》している中《なか》で、おかしなことがたくさんおこってしまい…。

レインボーマジック⑳
お洋服《ようふく》の妖精《フェアリー》フィービー

お気《き》に入《い》りのドレスが
だめになっちゃった!

ドレスがみどり色《いろ》の絵《え》の具《ぐ》でよごれてしまって…。どうやらゴブリンが近《ちか》くにひそんでいるようです!

レインボーマジック㉑
プレゼントの妖精《フェアリー》
ジャスミン

最後《さいご》の魔法《まほう》のバッグは
どうなるの!?

いよいよレイチェルとカーステイのお休《やす》みも最《さい》後《ご》の日《ひ》。妖精《フェアリー》たちとのドキドキのぼうけんはどうなるのでしょう!

夏休《なつやす》みの妖精《フェアリー》サマー

3つのお話《はなし》がセットになったスペシャルブック第《だい》1弾《だん》!

妖精《フェアリー》たちとの夏休《なつやす》みがやってくる!

「わしの魔法《まほう》で、魔法《まほう》の貝《かい》がらレインスペル・シェルをぬすんでやろう。そしたらビーチもアイスクリームも、みんなの夏《なつ》のお楽《たの》しみも台《だい》なしだ!」夏休《なつやす》みに、ふたたびレインスペル島《とう》へおとずれたレイチェルとカーステイ。ところが、ジャック・フロストとゴブリンたちは、島《しま》にある三《みっ》つの魔法《まほう》の貝《かい》がらをぬすんで、自分《じぶん》たちだけお休《やす》みを楽《たの》しんでいるようす。はたして、ふたりは無《ぶ》事《じ》に夏休《なつやす》みをすごすことができるのでしょうか!

レインボーマジック対訳版《たいやくばん》①〜⑦　第《だい》1シリーズ「虹《にじ》の妖精《フェアリー》」

かわいい妖精《フェアリー》たちと、初級《しょきゅう》レベルの生《い》きた英語《えいご》を学《まな》ぼう！

世界中《せかいじゅう》で大人気《だいにんき》のファンタジーが、左《ひだり》に英語《えいご》、右《みぎ》に日本語《にほんご》の見《み》やすい対訳本《たいやくぼん》に！　おそろしいジャック・フロストの呪《のろ》いで、白黒《しろくろ》の世界《せかい》になってしまったフェアリーランド。色《いろ》のある平和《へいわ》な世界《せかい》に戻《もど》すため、ふたりの女《おんな》の子《こ》レイチェルとカースティは、7人《にん》の妖精《フェアリー》たちを探《さが》す冒険《ぼうけん》の旅《たび》へとでかけます！

レインボーマジック対訳版《たいやくばん》①
赤《あか》の妖精《フェアリー》ルビー

レインボーマジック対訳版《たいやくばん》②
オレンジの妖精《フェアリー》アンバー

レインボーマジック対訳版《たいやくばん》③
黄色《きいろ》の妖精《フェアリー》サフラン

レインボーマジック対訳版《たいやくばん》④
みどりの妖精《フェアリー》ファーン

レインボーマジック対訳版《たいやくばん》⑤
青《あお》の妖精《フェアリー》スカイ

レインボーマジック対訳版《たいやくばん》⑥
あい色《いろ》の妖精《フェアリー》イジー

レインボーマジック対訳版《たいやくばん》⑦
むらさきの妖精《フェアリー》ヘザー

作《さく》　デイジー・メドウズ

訳《やく》　田内《たうち》志文《しもん》

埼玉県出身《さいたまけんしゅっしん》。文筆家《ぶんぴつか》。大学卒業後《だいがくそつぎょうご》にフリーライターとして活動《かつどう》した後《のち》、渡英《とえい》。

イースト・アングリア大学院《だいがくいん》にてMA in Literary Translationを修了《しゅうりょう》。

『BLUE』(河出書房新社《かわでしょぼうしんしゃ》)、『Good Luck』『Letters to Me』

『TIME SELLER』(ポプラ社《しゃ》)、『THE GAME』(アーティストハウス)

などの訳書《やくしょ》のほか、絵本《えほん》原作《げんさく》やノベライズも手《て》がける。

現在《げんざい》はスヌーカーの選手《せんしゅ》としても活動《かつどう》しており、
JSAランキング4位《い》。2005、2006年《ねん》スヌーカー全日本《ぜんにほん》選手権《せんしゅけん》ベスト16。

2006年《ねん》スヌーカー・ジャパンオープン、ベスト8。

2006年《ねん》スヌーカー・チーム世界《せかい》選手権《せんしゅけん》、日本《にほん》代表《だいひょう》。

2007年《ねん》タイランド・プロサーキット参戦《さんせん》。

装丁《そうてい》・本文《ほんぶん》デザイン　藤田《ふじた》知子《ともこ》

口絵《くちえ》・巻末《かんまつ》デザイン　小口《おぐち》翔平《しょうへい》(FUKUDA DESIGN)

DTP　ワークスティーツー

レインボーマジック カーニバルの妖精《フェアリー》カイリー

2008年《ねん》7月《がつ》10日《か》　初版《しょはん》第《だい》1刷《ずり》発行《はっこう》

著者《ちょしゃ》　デイジー・メドウズ

訳者《やくしゃ》　田内《たうち》志文《しもん》

発行者《はっこうしゃ》　斎藤広達《さいとうこうたつ》
発行《はっこう》・発売《はつばい》　ゴマブックス株式会社《かぶしきがいしゃ》
〒107-0052 東京都《とうきょうと》港区《みなとく》赤坂《あかさか》1-9-3 日本《にほん》自転車《じてんしゃ》会館《かいかん》3号館《ごうかん》
電話《でんわ》 03-5114-5050

印刷《いんさつ》・製本《せいほん》　株式会社《かぶしきがいしゃ》 暁印刷《あかつきいんさつ》

ISBN 978-4-7771-1014-8

ゴマブックスホームページ
http://www.goma-books.com/